节气风物之美

仪式

中国人的时间哲学

周华诚 著

仪式
节气风物之美

华中科技大学出版社
http://press.hust.edu.cn
中国·武汉

自
序

好雨知时节。自然有自然的规律，人是自然的一部分，也要遵从大自然的规律。中国人老早就懂得这个道理，懂得与四时光阴、天地万物一起过日子。

老辈人讲，"春种夏长，秋收冬藏。"老辈人的生活，是跟土地上的劳作紧紧联系在一起的。他们按照季节变化来播种和收获，也按照季节变化来安排一整年的生活。什么时候挥汗如雨，什么时候休养生息，都有规矩，都有仪式。

这种规矩和仪式，是一代代人留下来的生活经验，是一代代人总结出的生命印记，也是一个族群在自然界生存的脉络和节奏。

在《中国廿省儿歌集》（黎锦晖、吴启瑞、李实编）中翻到一首浙江儿歌，讲述的是一年时节的过法，抄录于此：

"正月正，麻雀飞去看龙灯。二月二，煎糕炒豆儿。三月三，荠菜花儿上灶山。四月四，杀只鸡儿请灶司。五月五，年糕粽子过端午。六月六，猫儿狗儿同洗浴。七月七，七样果子随你吃。八月八，大潮发，小潮发，城里老娘活俏煞，城外老娘活急煞。九月九，打老菱，过酒吃。十月朝，打儿骂女捆柴烧。十一月雪花儿飘飘，十二月家家磨粉做年糕。"

另外，还有一首童谣，流行于巴蜀一带：

"说个子，道个子，正月过年耍狮子，二月惊蛰抱蚕子，三月清明飘坟子，四月立夏插秧子，五月端阳吃粽子，六月天热买房子，七月立秋烧袱子，八月过节麻饼子，九月重阳捞糟子，十月天寒穿袄子，冬月数九烘笼子，腊月年关躲债主子。"

据我所知，各地都有类似的儿歌，总结传唱当地民众的生活方式。随着时代的更迭、社会的发展，这些儿歌的内容已不一定全然符合当下生活实际，但读来依然很是有趣。因为这样的儿歌童谣里，藏着当地民众生活的密码，说是文化基因，也并不为过。

我们现在倡导"传统文化之美"，希望更多人践行具有中国传统文化特色的生活方式。节气、节日，就是其中重要的内容。因为文化的基因、生活的仪式感，就藏在这些日常的细节里。只是，民俗文化永远处在变化中，我们现在的岁时礼俗、节气生活，很多已经越来越简化，有的时候就简化为吃吃喝喝，很多仪式的细节已经消失在记忆中。

在老家乡下种田的数年中，我发现，许多与劳作相关的日常生活极具仪式性、审美性，那些与四时礼俗相关的活动，也富有生活的哲理和生命的智慧。多年来，我也写下不少散文作品，都与传统文化生活有关。

因此，我梳理出《仪式》两本书，分为《节气风物之美》《岁时礼俗之美》两册，分别从节气、节日两个角度，用散文的方式，呈现以故乡浙西常山为主体的江南日常生活，以及相关的文化习俗。

中国人度过时间的方式，多数是在劳作之中完成的，而节气、节日是在生活的刻度上结绳记事。我们在今天重温节气、节日之美，不仅是追溯传统文化的因子，更重要的，是对传统文化生活的传承，是对传统文化精神的发扬。在这种传承和发扬里，我们从而确认自己的身份与故乡。

是为序。

周华诚

癸卯年正月二十日　　于常山稻之谷

目录

立春

雨水

立春

雨水

贰

雨水

冬去春来，气温回升，降雨开始，雨量渐增。

一候獭祭鱼；二候鸿雁来；三候草木萌动。

壹

立春

春天开始，万物复苏。

一候东风解冻；二候蛰虫始振；三候鱼陟负冰。

肆

春分

昼夜平分，冷热均衡。

一候玄鸟至；二候雷乃发声；三候始电。

叁

惊蛰

春雷初动，惊动了蛰伏冬眠的动物。

一候桃始华；二候仓庚（黄鹂）鸣；三候鹰化为鸠。

春分

惊蛰

春分

惊蛰

仪式
节气风物之美

中国人的时间哲学

立春

壹

立春日

江花江水每年同，春日春盘放手空。

天地无私生万物，山林有处著衰翁。

牛趋死地身无罪，梅发京华信不通。

数片飞飞犹腊雪，村邻相唤贺年丰。

——宋·陆游

你好，
春 牛

一年是从哪一天开始的？

沿袭公历，应该是从一月一日元旦开始；如果沿袭农历，则可以算是从春节的正月初一开始。

要知道，在中国古代历史上，人们曾将二十四节气中的立春这一天定为春节，表示春天从此开始。这种叫法，绵延了两千多年。直到1913年，当时的国民政府正式下了一个文件，明确每年的正月初一为春节。此后，"立春"仅作为二十四节气之一存在并传承至今。

所以，立春这一天的重要性，曾约略等同于今日的春节。

立春作为节令，早在春秋时就有了，那时一年中有立春、立夏、立秋、立冬、春分、秋分、夏至、冬至八个节令。到了《礼记·月令》一书和西汉刘安所著的《淮南子·天文训》中，才有二十四节气的记载。

立春，是节气，也是节日。立春的"立"，是开始的意思。

我国自古为农业之国，春种秋收，关键在春。农谚有"一年之计在于春"的说法。旧俗里的立春，既是一个古老的节气，也是一个重大的节日，皇帝要在这一天，亲自率领诸侯、大夫，在东郊迎春，亲自下地扶犁，赶牛催耕（即"鞭春牛"），

为天下众生做出表率，也为一年的风调雨顺祈福。

在浙江衢州市柯城区九华乡妙源村，有一座梧桐祖殿香火旺盛，每年的立春日，村民熟悉的祭春喝彩谣都会在这里唱响。

甲午立春，三龙报喜讯。""好啊！""春回大地，复始万象新。""好啊！""迎春接福，柯城三阳泰。""好啊！""春神护佑，福祉惠万民。""好啊！"……

随着声声喝彩，一年一度的立春祭如期举行。这是国内唯一一座供奉春神的神庙。自2005年始，这里恢复了立春祭祀活动。

2016年，以梧桐祖殿的立春祭、浙江遂昌县的"班春劝农"、贵州石阡县的"石阡说春"等民俗活动为代表的中国二十四节气，成功申报为联合国教科文组织人类非物质文化遗产代表作。

"班春劝农"典礼，是遂昌县石练镇淤溪村百姓自明代就有的古礼，在立春这天，祭拜神农，扶牛犁田。"班春"即颁布春令，"劝农"是劝农事，策励春耕。明代著名文学家、戏剧家汤显祖任遂昌知县时，以勤政爱民、兴教化、励农桑著称。那时起，"班春劝农"成为每年春天县衙鼓励农人春耕生产的一项重要活动，并传承至今。随着祭春、鞭春、开春等典礼环节的展开，主祭人、陪祭人、山农等众祭拜人在"汤显祖"扮演者的带领下，三跪九叩大礼叩拜神农，以祈求风调雨顺、五谷丰登。

各地民间都有"打春"习俗，又叫"鞭春牛""鞭土牛"。这种方式体现了人们对五谷丰登的美好期盼。人们在塑制春牛时，往往要在它肚子里塞上五谷，当牛被打烂时，五谷就流了出来。人们欢笑着拾起谷粒放回自己的仓中，寓意仓满粮足。一些农村现在仍有"鞭春牛"的风俗。

"石阡说春"，则是贵州省石阡县世代流传下来的一种民俗活动。立春这天，在尚有些春寒的石阡乡村，常可见到一个手端春牛、挨家派发春贴的送春人——春官。春官是我国两千多年前就有的官名，据《石阡府（县）志》载，明清时代，每岁立春时，石阡府要整装集队，扎芒神和纸牛、迎春于东郊、打马游街、大摆筵席、行鞭春礼，然后赴城南"劝农行"。

相传，石阡县坡背村的封姓两兄弟，跟随唐王李世民打天下后立了战功，被唐王封为"春官"，让他们的子孙每年在立春前后，到每家每户提醒人们安排好一年的农事。春词内容主要是"二十四农事节气""渔樵耕读""二十四孝""讲根生"等，几乎全是吉语，涵盖历史、神话、劳动、生活等方方面面，描写了天地的形成和万物的化育。

立春是所有农事的开头。从这一天开始，四时光阴就在农人的劳作中悄悄流转。这是一个节日，也是一场号令；是一次祈福，更是一次动员——春归矣，万物复苏，激情与力量开始在大地上涌动。

我在衢州做记者的时候，妙源村尚不为人所知。在每年的立春，村庄都会在梧桐祖殿举行祭春神句芒的庙会。其实这个立春祭，已在三衢大地流传了千年时光——祭春神、敬土地、鞭春牛、迎春、探春、咬春……人们用最朴素的方式来迎接春天的到来，祈盼新的一年风调雨顺、吉祥如意。

记得我第一次参加梧桐祖殿祭春神的活动，是在2005年——村民在田野中间摆开场地，牵来一头水牛，给牛披上红绸，牛头扎着大花，一位老农一手牵绳，一手扶犁，鞭子一挥，水牛稳稳迈步，此时犁尾稍提，犁头扎入土地，水牛就牵引着木犁翻开了春天这本书的第一个页面。新鲜的泥土摊开来，都是春天的气息。

我候在犁头前面按下快门，用相机记录下了春牛奋进、泥土翻转的瞬间，照片第二天登在了报纸的头版；不久我又写了一篇散文，登在了某张大报上。可惜，之后十几年间，我离职、搬家，又换城市，像一只候鸟，在城市与乡村之间奔波，许多图文资料都找不回来了。

又一年立春，我与稻友们一起，到杭州富阳的桐洲岛参加迎接立春活动。春寒料峭中，大家开着车子，陆续抵达钱塘江中的一座大岛。很多孩子早早就到了，穿着喜庆的衣服，手持节气的灯笼，吟诵祭词。不多时，一位老农牵着一头牛来到草地上，牛背上披着福袋，里头装着万年青和几百份种子。最有特色的环节是，老农吟唱鞭春牛的颂词，"一鞭春牛，三姑把蚕苍天佑；二鞭春牛，春回大地万象新；三鞭春牛，迎春接福三阳泰"……每唱一句，众人都应和一声"好啊"，嘉宾代表则持柳条，轻轻地打在耕牛身上，祈求风调雨顺。随后，嘉宾们把福袋里的种子一一抛撒出来，几乎每个人都得到了一小包种子，有的是五谷种子，有的是花草种子。记得我拿到了一小包向日葵种子，后来种在了花盆里，到了夏天，居然开出一面硕大的花墙。

立春的活动，中国古来就有。采春、踏春、插春、尝春，都是民间的行为。即便是皇帝，这一天也要带头躬耕。到了清朝，皇帝祭农之礼已经十分完备了。立春这天，皇帝先到先农坛祭祀先农，然后到田里亲自扶犁耕田，率先垂范，也是表达对农业的高度重视。皇帝老儿耕田，一是技艺不熟，二是体力不支，自然无法长时劳作，只能是一次"示范性劳动"，类似于"真人秀"。

然而，不管怎么样，牛，都是立春这天的主角。牛勤春来早。牛在传统中国是重要的生产资料。在五联村，牛原先是很多的，最多的时候有六七十头。春天到来，耕田佬穿着蓑衣，牵着牛，行走在烟雨朦胧的田埂上，这是乡下最为常见的一景 —— 我是从课本里读到的春天，从唐诗里读到的春天，但更多时候，我是从村庄的耕田佬身上读到的春天。三十年之后，村里的耕田佬，像约好了一样从田埂上消失了。牛也消失了。

我们所生活的丘陵地区或半山区，田地的地形都不怎么规整，经常是随着山势溪形回转，奇形怪状，边边角角很多。耕田佬用的都是"曲辕犁"，也就是"江东犁"来耕田，便于人和牛的回转。春天的村庄，因为牛的消失，失去了春天的风景。我以为，传统中国南方沿袭数千年的农村生活场景，就此发生了根本性的变化，一时之间，你还真很难说它是好还是坏。

2014年冬天，我跟着父亲去寻访村庄里的最后一名耕田佬。听他讲过去的故事，讲耕田的技艺，讲"牛口令"和"两犁两耙一耖"的工序，用文字详细地记录下来。用牛耕田，是一种技术，更是一门艺术。你看吧，田如纸，犁似笔，水就是墨，那牛与人一起正挥毫泼墨。他们来来回回，在一小方画纸上，绘出自己的作品，也在世间留下自己的足印。

　　耕牛从村庄里消失了，而春天依然会到来。许多田地不再种植水稻，有的种了蔬菜，有的种了苗木，有的干脆就荒芜了，长满了野草。再要耕田怎么办呢？就去请人用"铁牛"耕种。在日本，以种水稻闻名的新潟地区的山古寺村，我与种水稻的农人交流，发现他们都用上了先进的小型农机具。耕田也好，插秧也好，收割也好，都有非常先进的农机可以使用，令我非常羡慕。我还悄悄地问了价格，譬如一台联合收割机，折合30万元人民币，这样的"铁牛"还真是不便宜。希望有一天，我们村庄里单打独斗的小农户，也能用上这样的"铁牛"。

　　2019年立春，是在腊月三十，也就没有什么特别的立春仪式了，不过我们一大早，还是去田野间走了走；回来之后，到菜园摘了些蔬菜和野菜，包了饺子来吃，以一种相当简化的"踏春"和"咬春"仪式，迎接一个崭新春天的到来。

咬一口春天

有时候，都想不明白荠菜为什么那么早就冒出头来。

立春过后，荠菜就在田埂上悄悄出现。我有位朋友徐斌，教书兼种菜，还能写文章，他在《蔬菜月令》一书里写："立春一过，万物噌噌地长。但看菜园，青菜起薹，四五朵黄花，花瓣明亮，薄如细绢。菠菜呢，叶片背片，浮起浅浅的茸毛，如施粉黛；叶子肥厚，像猪耳朵。再过几天，它们也将起薹，起薹的菠菜，就会变苦、变涩，不好吃了。"

他又写道："豌豆矮矮的，茎叶碧绿，触须卷曲，花白如雪。远远看去，每棵豌豆，皆如太湖山石，龙蟠蝶舞，玲珑剔透。那些豌豆花，像细细的喇叭，安静的时候，能听到它们的吟唱。"

对于菜园子的了解，我信赖手持锄头的人。人勤春来早，此时此刻，他有满园蔬菜。我走到田野里去，蹲下身来，则可以在仍显寂寥的田埂上发现荠菜，贴地生长。辛弃疾写过"城中桃李愁风雨，春在溪头荠菜花"，荠菜开花，那是三四月间，荠菜已经老了，不堪食用。而这会儿，荠菜安安静静地生长，叶片松散，羽状裂纹贴着泥土，期待一场春雨。此时去田埂上挖取荠菜，吃的是它难得的清气。正是乍暖还寒时候，还有比荠菜更好的野菜吗？

立春节气，时间上与春节相近，有时早于正月初一，有时又略晚于它。我老家在浙西常山，春节里是绝不会吃野菜的，习俗上也不认同，无非是要大鱼大肉才好，显出丰衣足食的样子。宁波人不一样，大年三十，宁波人都会来一盘荠菜春卷。在宁波，旧时望族也好，当今平民百姓也好，但凡在年夜饭里，席间总要上一道油炸荠菜春卷，容不得丝毫篡改。大概来自于山野的荠菜，带来的正是绵绵春意，令人欣喜。

俗话说，马兰头吃个心，荠菜吃个根。荠菜的根白白的，带着甜味，自有好味道；马兰头的心，取的是一个鲜嫩，再晚些时候，土坡上的马兰头也欣欣向荣了。我老家乡下，南丰腔的土话，是把马兰头叫做"黄秋芋"，二十年前我写了一篇小短文，题目就是《黄秋芋》，朋友们说，我是给马兰头起这样一个好听名字的第一人。

说到这里，不免要回过头来问一句：年年岁岁，一年的开端，是哪一天？

沿袭公历，应该是从一月一日元旦开始；如果沿袭农历，则可以算是从春节正月初一开始。

要知道，在中国古代历史上，人们曾将二十四节气中的立春这一天定为春节，表示春天从此开始。这种叫法，绵延了两千多年。

所以，"立春"这一天的重要性，曾约略等同于今日的春节。

立春这一天，最重要的活动便是迎春，目的是把春天和句芒神接回来。立春后出游，谓之讨春。人们在这一个春暖花开的日子里，喜欢外出游春，俗称出城探春、"踏春"，这也是迎春的主要形式。同时在饮食上，最重要的一项，是"咬春"，要吃春盘、春卷、春饼，咬萝卜等。

　　杭州人都有吃春卷的习俗。春卷，早先叫做春饼，在东晋时就有了，《四时宝镜》记载："东晋李鄂立春日命以芦菔、芹芽为菜盘相馈贶。立春日春饼、生菜号春盘。"苏东坡有诗，"渐觉东风料峭寒，青蒿黄韭试春盘。"立春日吃春饼，谓之咬春。咬春，也就是尝春。

　　汪曾祺在《四时佳馔》里写过：

　　立春日吃春饼。羊角葱（生吃）、青韭或盖韭（爆炒）、绿豆芽、水萝卜、酱肉、酱鸡、酱鸭皆切丝，炒鸡蛋，少加甜面酱，以荷叶薄饼卷食。诸物皆存本味，不相混淆，极香美，谓之"五辛盘"。萝卜丝不可少。立春食萝卜，谓之"咬春"，春而可咬，颇有诗意。饼吃得差不多饱了，喝一碗棒渣粥或小米粥，谓之"溜缝"，如砌墙灌浆也。

　　到了清代，北方和南方都以春饼、春卷为立春的重要食品。清《燕京岁时记》也有说："打春，是日富家多食春饼。"但春饼到底什么样子，各地并不完全相同。《调鼎集》卷九记载了三种不同的春饼：

　　一是"干面皮加包火腿、肉、鸡等物，或四季时菜心，油炸供客"；

　　二是"咸肉、腰、蒜花、黑枣、胡桃仁、洋糖共斩碎，卷春饼，切断"；

　　三是"柿饼捣烂，加熟咸肉肥条，摊春饼作小卷，切断，单用去皮柿饼，切条作卷亦可"。

　　现在的春卷，仍保留着旧时春饼的制法。将面粉和水做成面糊，摊在平底锅中以小火烘成薄饼，这是春卷皮子；再包入鲜肉馅，或荠菜肉丝馅，入油锅，炸至金黄色。

现做的春卷皮热乎乎，香喷喷，买回家卷起韭菜虾仁，蘸点甜面酱，马上就可以吃。如果做油炸春卷，那更是一等一的好。现做春卷皮子的人，在年边上就忙碌得很，而一旁总有许多主妇站在那里，耐心地候着春卷出锅，相互讨论包怎样的馅子好吃。等到摊子上做好的春卷皮子存了一摞，再装在袋子里，心意满满地拎回家去。

春卷的馅，可以咸，也可以是甜的。甜的，简单一些，就是细腻的豆沙。如是咸的，花样就多了，可素可荤，什么馅料都行，全凭自己的口味而定。有的人喜欢油炸之后，蘸着醋吃。醋可解油腻。有人喜用水果馅来做春卷，比如把香蕉、木瓜切成小半段，用春卷皮子包住，油炸后吃来，也是别有风味。

当然，现在春卷就并不是只有立春或春节才有了，杭州的许多餐馆里一年四季都供应这道点心。吃春卷的心情，仍然大致相同，因春卷皮的酥脆与喷香、馅料的鲜嫩与爽滑，都让人觉得愉快。一口咬下去，仿佛张嘴就咬住了一个春天。

在北方，人们多吃春饼，跟春卷略有不同——这是用面粉烙制或蒸制而成的一种薄饼，食用时，常常与用豆芽、菠菜、韭黄、粉条等炒成的合菜一起吃，或以春饼包菜食用。清代诗人蒋耀宗和范来宗的《咏春饼》有写："……匀平霜雪白，熨贴火炉红。薄本裁圆月，柔还卷细筒。纷藏丝缕缕，才嚼味融融……"清代才子袁枚也在《随园食单》中说到春饼："薄若蝉翼，大若茶盘，柔腻绝伦。"

春卷也好，春饼也好，不过都是对春天的期盼与祈福；立春之后，一年的艰辛与忙碌就又开始了，谁不盼望一个顺顺当当、风调雨顺的好年景呢？

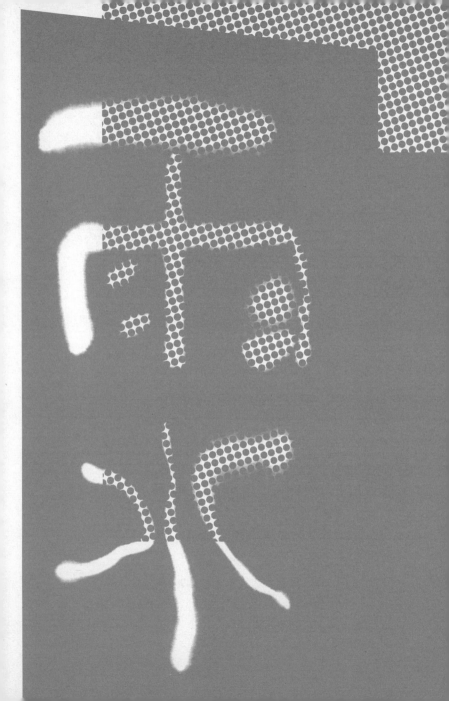

雨水

贰

春园即事

宿雨乘轻屐，春寒著弊袍。

开畦分白水，间柳发红桃。

草际成棋局，林端举桔槔。

还持鹿皮几，日暮隐蓬蒿。

——唐·王维

雨水之中，我在南方。到乌镇去。乌镇有木心的足迹。这个半生流落在外最终回到江南的文人，写下这样的句子：

石阶绿

江南是绿，

石阶也绿，

总像刚下过雨。

乌镇栖满了鱼鳞瓦。我喜欢鱼鳞瓦，这渐渐逝去的事物是最江南的意象。春天到山里去，隔着一条河，看见对岸的山林、炊烟、鱼鳞瓦，就觉得那才是故乡的屋顶。这春雨点点滴滴地落下来，敲打在瓦背上，或者又从屋檐淅淅沥沥成串地落下来，你也一定会觉得，整个江南的乡愁，都在这样的瓦隙间了。

在江南乡间，这样的瓦曾经随处可见。现在渐渐少了。上次到中国美院，去看民艺博物馆的展览，发现这座博物馆里居然用了那么多的瓦片。瓦片被设计师做成了建筑的墙，而且是镂空的墙——钢丝索固定着一片片瓦片，构成了外墙的表皮。在那里，瓦片不再是屋顶的一部分，而是墙壁的一部分——远远看去，瓦片就像悬浮的一样，光线透过瓦片与瓦片之间的间隙，在地面投下奇妙的光影。光线朦胧，若隐

若现，有若雨后步入竹林，枝叶摇曳，风语轻吟。

鱼鳞瓦适合盛载雨水。在乌镇，一条条深巷，一个个屋檐，都在淅淅沥沥，雨水轻轻浅浅，流淌出一条久远的时间之河。在乌镇，每每行走几步就到了河边，一艘小木船静静停泊在青石板铺设的码头，岸边的柳树稀稀疏疏，仔细打量，它们正冒出嫩绿的新叶。这样的嫩绿，衬在乌黑的鱼鳞瓦背景上，雨丝飘摇中益发显得鲜绿，水灵灵的，挂着水珠，将落而未落，被摄影家收入镜头。

在这样的巷子里走一走，就会想起一句诗："小楼一夜听春雨，深巷明朝卖杏花。"雨水从房檐滴落，脚步在深巷里遗留。乌镇的巷子，跟许多江南的古镇一样，也是细细窄窄，幽幽深深，婉约极了。有一次，我在西溪湿地，也是这样，趁着淡淡幽蓝的夜色走进一条幽深的小巷，一头连着小街，一头曲曲折折，延伸到水边的人家，就那样信步走着，雨丝轻轻地飘着，不用打伞，脚下也仿佛有了古琴的遥遥乐音。

一场春雨一场暖，春雨蒙蒙，雨丝风片，用不了多久，柳絮就开始飘飞。晨光之中，披蓑衣挑担的农民从古镇的一头出现，箩筐里颤悠着从自家地里采摘的萝卜与青菜。那萝卜青菜绿意饱满，滴着水珠。

在这样的春雨里去访木心。乌镇的东栅，有木心纪念馆，西栅有木心美术馆。收起雨伞，步入安静的美术馆，静静领略先生的心迹。先生 1927 年出生于乌镇，少年离乡，半生风雨飘摇。1994 年，在外漂泊多年的木心先生回到家乡乌镇。只是此时的乌镇，已然不是记忆中的模样。孙家祖屋的后花园建起了一家翻砂轴承厂，匠人与炉火，模糊了昔日的家园印象。

　　木心曾写下《乌镇》一文，对乌镇作了告别。

　　在习惯的概念中，"故乡"，就是"最熟识的地方"，而目前我只知地名，对的，方言，没变，此外，一无是处……永别了，我不会再来。

　　1998年12月，这篇文章发表，那时大约他是真的不太想回家了。

　　我曾到乌镇去过多次，探寻这样一座古镇的故事，我也知道，那时乌镇的总设计师、建设者陈向宏怎样去邀请木心回家。2006年，乌镇修缮翻建，在孙家花园的废墟上建起一座二层小楼，老人有感于家乡的诚意与盛情，决定归来，并将其易名为"晚晴小筑"，隐居于此，直到辞世。

　　木心美术馆漂浮于元宝湖上，建筑与倒影，与自然融为一体。这建筑的形象简约而清俊，像极了年轻时的木心。

　　风啊，水啊，一顶桥。

　　木心晚年，在看过美术馆的草图后，曾留下这样一句话。那天我们在乌镇，在漫天若有若无的蒙蒙雨丝里，看见春天来临，看见石阶一级一级地浓绿起来。

记不清是哪一个晚上的事情了。下着雨，雨点轻轻敲打在芭蕉叶上，发出富有韵律的声响，我在灯下读一本闲散的书。这时候，忽然听到轻叩柴门声，是友人来访。于是我合上书，从墙上取了蓑衣和头笠穿戴上，往屋后去了。

我是去割一把新韭！头刀韭，是最宜在这样湿湿的春天雨夜割的，极为嫩绿，连菜刀也会沾染韭菜的绿汁。洗了切段，做一个韭菜炒蛋，再从陶瓮里取出一小堆落花生摊于木桌上。闲聊间，炭上炖的黄酒已然飘香，好呀，上酒，浅斟慢吟，细品时光。这样待客，不显寒酸了吧？

这样的故事，后来就写在一首诗里流传千古了——"夜雨剪春韭，新炊间黄粱。"本来，这样散淡的小事，是不值得大书特书的，然而为什么至今想来，都让人觉得温暖和诗意呢？想来想去，便是一定与春韭有关了。每到春天，舌上便萦绕春韭炒蛋的清香——不怕被人耻笑，一碟清碧嫩绿的韭菜炒蛋放在眼前，我便是不自觉地把自己当作唐朝诗人杜子美了，一句老诗、一位故友、一碟新韭，似乎能让人穿越时光，回到千年前的那个雨夜。

明代高启写《韭》诗，就更像是一幅江南的水墨画了：

夜雨剪春韭

芽抽冒余湿，掩舟烟中缕。几夜故人来，寻畦剪春雨。

韭菜是极富诗意的，稍有留心，便可见它是唐诗宋词中的常客，多少文人墨客对它钟爱有加。"渐觉东风料峭寒，青蒿黄韭试春盘"，苏东坡便借青蒿与黄韭，表述他对春天的"满心春绿"；刘子翚写过"一畦春雨足，翠发剪还生"——刘子翚，自号"病翁"，他毕竟是生活在南宋，好好的中原江山，被金兵占领了，皇帝百姓逃难到杭州，这样的情势照进心中，让他时常满怀忧伤，触景生情，而韭菜顽强的生命力，或许让他又有所悟罢。

一部《诗经》，罗列了众多野味，但在蔬菜之中，"献羔祭韭"，独独韭菜可以入祀。由此可见，韭菜看似纤细，却早已得到古往今来人们的认可，是备受珍重的一样菜蔬了。

春韭好，很多人却不知韭菜花也是一道极好的菜。在吾乡浙西，每到初秋，韭菜花将放未放，满是骨朵儿，带着韭白采摘，切成寸段加肉丝一起炒，清香异常。而这种菜，在市场上每年也只能见到一星期，时间一过，韭花结籽，韭干也便枯老，自然是不堪再吃。

韭花之好，亦有一件大雅事可以佐证的——习书之人都知道，有一部《韭花帖》行楷书，是五代著名的书法家杨凝式的代表作，乃是五代上承晋唐、下启宋元及至而下千年的经典之作。尽管《韭花帖》无论是在用笔还是在章法上都与《兰亭序》迥然有别，但其神韵却与之有异曲同工之妙。

这样一部书法名作，何以名叫《韭花帖》？原来，杨凝式午睡醒来，正饥肠辘辘，适逢友人馈赠韭花一盘，真是非常好吃呀！一时兴起，遂执笔信手修成致谢信一封，共七行六十三个字，通篇笔墨间流露着轻松愉快、散淡闲适的心境。啊，就是这小小韭花，促成了书法史上一篇不可多得的千古佳作，其功不可谓不大也。

　　春来有韭菜，秋去有韭花，光阴就这么逝去了。

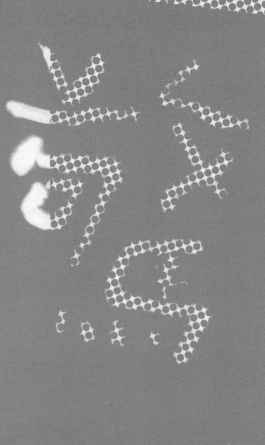

惊蛰

叁

观田家

微雨众卉新，一雷惊蛰始。

田家几日闲，耕种从此起。

丁壮俱在野，场圃亦就理。

归来景常晏，饮犊西涧水。

饥劬不自苦，膏泽且为喜。

仓廪无宿储，徭役犹未已。

方惭不耕者，禄食出闾里。

——唐·韦应物

危机四伏
的春天

声势浩大的春天，是由雷声正式启幕的。在此之前虽说也有零零星星的春意在铺陈，山坡田野，溪边柳树、地头桃花，蠢蠢欲动，传递着春的信号，但是，这些终究不是官方消息，直到那一声雷，隆隆滚过天边。

唐诗说："微雨众卉新，一雷惊蛰始。田家几日闲，耕种从此起。"惊蛰之雷，除了把冬眠的虫子叫醒，还把农人们叫醒。从今往后，一日日的劳作也再不能停歇。

除此之外，惊蛰之雷，还叫醒草木。陶渊明在南山荷锄种地，懂得一声春雷的秘密："仲春遘时雨，始雷发东隅。众蛰各潜骇，草木纵横舒。"《月令七十二候集解》中说："二月节，万物出乎震，震为雷，故曰惊蛰。是蛰虫惊而出走矣。"

声势浩大又危机四伏的春天就此展开。

不过有的时候，这声势还浩大得过了分。2009 年我初到杭州，每个节气用日记记录着气象与物候，惊蛰前后数日，电闪雷鸣，雷雨交加。

昨日凌晨，熟睡之中被震耳的雷声吵醒，雨声哗哗作响，打在屋外雨篷上声音骇人。到了上午九点多，第二波瓢泼大雨降临，白天像黑夜，路边的路灯亮了起来。

气象台说，连续几天来，整个杭州地区的面雨量（整个区域内单位面积上的平均降水量，能较客观反映整个区域的降水情况）达 48.6 毫米，市区面雨量超过 46 毫米，其中余杭、临安的雨还要大些。

雷雨带来洪灾，民间的说法，这叫"桃花汛"。

汛期过去，天朗风清。

惊蛰的雷声响过之后，玉兰花就开了。西湖的孤山，有好多玉兰树。我喜欢玉兰花盛开时，枝头一片洁白如云的气势。

前些天在老家乡下，看到油菜花已经开了，在无边旷野里，在广袤的田间，油菜花开的气势也是十分壮观。油菜花真是朴素到极致的花，每一朵都只比米粒大不了多少，花形简单，花瓣更是平常，颜色呢，只是"普通"二字可以形容——然而这样其貌不扬的花，以极大规模出现在你眼前时，仍然可以美得叫人一下子屏住呼吸。

油菜花若是乡野村姑，玉兰花则是大家闺秀。后者高高在枝头，冰清玉洁的样子，似乎无形之间造成一种心理的距离。许是它的花形看上去过于奢华，又颇有显摆的张扬。然而比起在枝头的盛放，我更欣赏它飘零满地的美，并不是凄美，而是——依然华美。然而张爱玲却对玉兰有过尖刻的形容，说，"邋里邋遢的一年开到头，像用过的白手帕，又脏又没用。"虽是在小说情境中，然而，拿"没用"来指责花，实在也有失厚道吧。"没用"本来也是很多花的命——不见得非要结出什么果来，才能尽情地绽放一回吧？

生活中亦是如此，正是那些无用但美好的事物，让我们的内心更加丰盈。

人的很多爱好，比如听音乐、做梦、闲坐，都是无用但美好的。

譬如折花。

春天之中，百花盛开，折花就多了许多选择。中国古来文人就把折花作为风雅之事，不论草本还是木本，都可采来作为瓶花插供。此时出门，墙角一树桃花，也是可以为我所用的。

《瓶花谱》说：

折取花枝，须得家园邻圃，侵晨带露，择其半开者折供，则香色数日不减。若日高露晞折得者，不特香不全、色不鲜，且一两日即萎落矣。

春光流转，桃花、李花、杏花、海棠、芍药次第开放，折花渐欲迷人眼了。

凡折花，须择枝，或上茸下瘦，或左高右低，右高左低。或两蟠台接，偃亚偏曲。或挺露一干中出，上簇下蓄，铺盖瓶口。取俯仰高下，疏密斜正，各具意态，全得画家折枝花景象，方有天趣。若直枝蓬头花朵，不入清供。

这是讲折花、插花的技巧。插花的取势，可参照画家笔下的作品。折枝画是宋代颇为流行的花鸟画法，这一类画法极负盛名。宋代的文人，热爱生活是出了名的。文士热爱赏花，画家痴迷画花，自然界的每一场花事，他们都细致体察，用心感受。

清代的张辛，有一幅花卉图，也是折枝花卉画法。画面中选取了玉兰、榴花、鸢尾三种花材。认真一想便知道，这三种花卉并非同时开放的，玉兰开得早些，三月初就开了，鸢尾花期长一些，四至六月都有，榴花则多在五月短暂开放。张辛这一幅画里，以大红的榴花，配紫色的鸢尾、白色的玉兰，这样的搭配显得别出心裁。若在现实生活中，想要如此折花入瓶不太可能，只有通过画家的笔触，去邂逅一场跨越时节的花事了。

嘉兴人陆明，在《味生谈吃：江南食事别集》一书中提到，他小时候，在惊蛰一天有"捶床"的细节，别有趣味。

夜晚雷电伴以风雨之时，訇訇的雷响把人从梦中惊醒，我的祖母这时总要吩咐一声："明官，快敲敲床，敲敲床！"说着，老人家率先捶打床沿："啪，啪啪！"

据说，这样一来，可使蛇虫百脚（蜈蚣）一年中不爬上床。

隆隆雷声中，也有做鼓的手艺人在这一天蒙鼓皮。为什么要在惊蛰这天蒙鼓皮呢？古时人觉得，天上打雷，是雷神在敲击天鼓，天地相应，顺应天时，地上如果在这天蒙鼓皮，鼓就会特别牢固耐用。

在这样的隆隆雷声中，光阴逝去，恐怕现在很少有人专门在这一天制鼓和蒙鼓皮了吧。至于专业制鼓的工厂，恐怕也不拘于哪一天，而是一年到头都在生产之中。寻常人家，雷雨之中也无处可去，大多只好宅于家中，等待雨住天晴，去田地里劳作。

我在书房泡一杯茶，把雷声雨势隔在窗外，打开一本书来闲读。这本书倒也是应景的，《惊蛰如此美好》，散文集，海飞著。海飞现在是国内的一线编剧，他的谍战剧《谍战深海之惊蛰》很好看。《谍战深海之惊蛰》的故事发生在1941年硝烟弥漫的重庆和上海，有个人叫陈山，因长相酷似军统特工肖正国，被日本特务荒木惟看中，被迫成为一名日本间谍打入重庆军统内部。雷声隆隆，他和他的命运一步一步，陷入危机重重之中。

这是一个危机四伏的春天。我知道，在这样的春天里，每一个时刻都有无数的可能性。这是一个故事生长的季节。

笋正是在雷声里一夜萌出地面的。我以前写过一篇笋的文章，"清早到笋园子里去看，我也觉得高兴。笋尖上垂着露，摇摇欲滴，却不滴，笋兀自地长高。大概这是一种游戏，夜间，黑灯瞎火的，露珠攀挂在笋尖上，就这么攀挂着它，笋呢，一高兴，就把露珠带着，往高处长了一尺两尺、三尺四尺。"

真是这样，在春天的笋园子里，是最能感受到勃勃生机的。所谓"勃"，有一个"力"字在，笋是很有力气的生命，即便是一个石磨盘压在顶上，笋也仍然能长出来。

杭州人热爱吃笋。杭州最有名的面，"片儿川"，就是要用笋片来做浇头才是正宗的。等到片儿川浇头中的鲜笋换成了茭白，那一定是春天早已经过去了。杭州人把竹笋拿来，可以做很多菜：腊肉蒸笋、春笋豆瓣、油焖春笋、春笋步鱼……

春笋步鱼，正是杭州的名菜，只在春天才有，不容易吃到。步鱼，也就是塘鳢鱼，一种个头小小的鱼，通俗的叫法为土步鱼。其个小，更是鲜美。袁枚在《随园食单》中说："杭州以土步鱼为上品……肉最松嫩，煎之、煮之、蒸之俱可，加腌芥作汤，作羹，尤鲜。"

清代诗人陈璨曾有一首《西湖竹枝词》：

"清明土步鱼初美，重九团脐蟹正肥。莫怪白公抛不得，便论食品亦忘归。"白居易对杭州留恋不已，要离开时，依依不舍地写过诗："未能抛得杭州去，一半勾留是此湖。"湖，自然是湖光山色，但湖中的鱼虾美食，包括春天的步鱼，也一定是让白居易念念不忘的。

春笋与步鱼，都是春天的妙物。民国《萧山县志稿》记载，步鱼"出湘湖者为最，桃花水涨时尤美"。其实江浙地区都有步鱼，只不过这两年少了。我有时到菜市场去，会专门找一位摊主问问："今天有步鱼吗？"记得头一次问他，他惊讶地抬头，多看了我一眼，一定在心里嘀咕，这小子居然还知道步鱼？时间长了，我知道他是地道的江上捕鱼者，大半生都是捕鱼为生的。步鱼这样的小鱼儿，其貌不扬，一般人并不知道，在菜市场里也无人问津。即便有人正好碰到，一问价格，也吐吐舌头走开了。殊不知，正是这样的小鱼，又在正好的时节，才是最堪吃货垂涎的美物。

摊主有时摇摇头，说："没有，今天只有这么一条。"有时揭开水上盖板，说："呀，两天就捕到这些，你要的话就拿去。"我看了看，最多也就三四条，便如获至宝地买了回来。

步鱼最奢侈的吃法，是"雪菜豆瓣汤"。豆瓣何来？说是步鱼双颊上的腮帮子肉，鱼呼吸时活动最频繁，因此肉也最鲜活，形状宛如豆瓣。一条步鱼，只有两瓣腮帮子肉，要做一碗所谓的"豆瓣雪菜汤"，那得多少条步鱼！高明的厨师，怎么舍得如此暴殄天物。只有懂得惜物的人，才可以成为一名好厨师呀。

我是喜欢逛菜场的，只要有时间，也愿意与卖菜的人多聊几句。小镇上卖菜的人，大多是附近村庄里的农民，自家种的，或自家从山野里采的野菜，也会拿来。惊蛰之后，野菜就多了起来。荠菜、马兰头、水芹菜，虽说野地里都有，在市场上卖的，却多数是专门种植的，不知道怎么的，总觉得不如野生的滋味足。运气好的时候，也可以碰到农人拿野小笋来卖，那是他们从深山里拔来的。不过，这总要时节再往后靠一些。倘若想要早一点吃上笋，则可以去临安的天目山，山里的笋，也没有园笋、山笋之分，只要这时节出来的，都清鲜甘美。

晚上闲读一本书，是水上勉写的《今天吃什么呢？去地里看看》，写到自己吃笋的记忆。

我第一次吃的竹笋，母亲大概就是和裙带菜或海带一起烧的。母亲给我们蒸竹笋饭，更让我高兴。别人给的一点竹笋，五个孩子要是狼吞虎咽起来，一顿就吃完。我家四周，一到五月，不论开哪一扇门，门外的竹林都长满鲜笋，尽管馋涎欲滴，却只能眼巴巴地看着别人家的竹林。这件事一生也不会忘记。

读到这里，几欲垂泪。水上勉九岁到了京都，在相国寺的瑞春院出家当了和尚。寺院拥有一片竹林，春天里几乎每日都可以吃笋。后来水上勉一生都喜欢吃笋，即便年纪大了，在厨房里独自煮笋的时候，也满脑子都会回忆起自己二十岁之前，在禅寺生活时与笋有关的事情。他说："我觉得，没有比寺院做的笋更好吃的了。"

春分

肆

癸丑春分后雪

雪入春分省见稀，半开桃李不胜威。

应惭落地梅花识，却作漫天柳絮飞。

不分东君专节物，故将新巧发阴机。

从今造物尤难料，更暖须留御腊衣。

——宋·苏轼

仲春
之月

春分。白堤上桃红柳绿，西湖迎来一年中最美好的时光。

清少纳言在《枕草子》中说，"凡是细小的都可爱。"那么这一个节气里，可爱之物，真是很多。柳叶是新萌出来的，草叶是刚刚长出的；花朵初绽，桃花和樱花都很细小，另外还有很多夹杂在草丛间、不细看都分辨不出来的小花，简直跟米粒一般大小。

平湖秋月临湖的樱花，这两天开得正好，极美。樱花花期很短，通常不到一个星期，就会在最繁华灿烂的时刻凋谢。所以一年到头，我也只是在春分时节，见着西湖边的樱花开得这么美妙。

在小学教科书里，第一次知道樱花，是鲁迅先生的指引，他在《藤野先生》中写："上野的樱花烂漫时，望去却也像绯红的轻云……"这样一个横眉冷对千夫指的斗士，面对樱花也能写出如此柔美之句，不由叫人赞叹。平湖秋月这里，在与梅鹤茶室之间沿湖的地方，好几株樱花，或是粉白，或是粉红，临水照花，是缤纷繁复的美。它们或可称作杭州的"樱花王"了，据说是西湖边规模最大的。树粗，枝多，花盛，一眼看过去，樱花连成一片，极为浪漫。

孤山北面大草坪这里，也有十来株纯白的樱花，远望有如飘来的云。樱花开得如此之好，借清少纳言的语气来说，"真是感人"。

"春日迟迟，卉木萋萋。仓庚喈喈，采蘩祁祁。"《诗经》里的句子，写春景清新脱俗，恬淡静远。

春分，古时又称为"日中""日夜分"，在每年的3月21日前后交节。此时，太阳到达黄经0度（春分点）。这天昼夜长短平均，正当春季九十日之半，故称"春分"。春分这一天阳光直射赤道，昼夜长短几乎相等，其后阳光直射位置逐渐北移，北半球各地昼渐长夜渐短，南半球则夜渐长昼渐短。

春分这一天，最重要的传统节目是竖鸡蛋。"春分到，蛋儿俏，竖起来的蛋儿最风光。"据说，早在4000年前，中国就有春分竖蛋的习俗。据说这一天，日与夜均分，南北半球昼夜时间相同，那么鸡蛋也能立起来——古人肯定不知道是不是符合物理学、天文学的逻辑，然而这游戏倒是实实在在流传下来，且已传遍全世界。

春分之日，气朗风清，人也心情愉悦。踏春，采野菜，放风筝，都是适合春天做的事情。在岭南开平苍城镇，有不成文的习俗，叫"春分吃春菜"。"春菜"是一种野苋菜，乡人称之为"春碧蒿"，春分那天，全村人都去采摘春菜，洗净后，和已经准备好的鱼片一起滚汤，名曰"春汤"。

我有位艺术家朋友，会做大漆的工艺。大漆，即生漆，是使用从漆树中提取出来的纯天然材料，用来给家具、器物进行髹饰。用大漆漆物，谓"髹"；"饰"，寓纹饰之意。大漆髹饰，现在已经是宝贵的"非遗"项目，能掌握这项工艺的人已经很少了。这位朋友告诉我，春分最适合髹漆。

几千年前，伏羲"削桐为琴，绳丝为弦"，创造了最初的古琴。唐宋是我国古琴制作的黄金时代，此间出现了众多造型美观、工艺精巧、音色优美的古琴佳品。在斫琴的一道道工序中，髹漆是极为重要的一环。髹漆能耐水、防潮、隔热、防腐，保护琴体千年不朽，同时还起到美化装饰效果，漆色斑斓，文采相宜。

宋代有一位僧人居月，擅斫琴，留下一篇文章《僧居月琴制》。其中说道："凡造琴，立夏后火烧叹其材，秋分后阴合以胶，立冬后两合其体，春分后以灰五髹。"

立夏后火气足，以火烧枝干，制成修长琴体，秋分后，用生漆熬胶，立冬后合琴，第二年春分后髹漆——制一把琴，何其难也。

做髹漆，本身也是一件不能速成的技艺。朋友在写作《不器：我只是个生活家》时说道："一件漆艺作品的成功可以说是天成一半，人成一半。因为完成一件大漆作品，基本上以年为单位。过于匆忙和急躁是做不出好作品的。"这里头的原因，一方面是因为大漆对温度、湿度极度挑剔。另外一方面，做漆的秘诀，是花的时间越长越好。最好是，放置时间长到想不起来。好的漆制品，有柔和温润又坚定有力的质感。而匠人，用一生的时间制作漆器，对时间也会有更深的体悟。

从春分开始，他一遍又一遍地髹漆、打磨、髹漆、打磨、髹漆、打磨。

他借时间的力量，赋予手上的器物以生命。

三月十九日，散文家沈书枝约我，一起去桐庐的莪山。莪山是在深山之中，也是杭州唯一的少数民族乡——确实是一个山坳坳了，山路弯弯，久也不至。书枝专程从北京来，北方的春天迟，到了这大山之中，满眼的春色令她雀跃不已。路途再远，仿佛也不怎么觉得累了。

时近春分，此时山野大地，早已遍地开花。一路上，都是春的景致。桃花已快谢了，路旁的屋背，飘着一片的粉红。黄色的油菜花在山边，不时这里一片那里一片亮出来。白色的梨花，洁白如云，映在早春的幽蓝天空之下，是最好的配色。这些从城市里来的人，到了山野之中，看见这样的桃花梨花油菜花，免不了大呼小叫一番。路旁那些端着饭碗的农人，却早已习以为常了，反而对我们这些人更感兴趣一些。

莪山这个畲乡，由雷、蓝、钟、李四大姓氏家族组成，畲民至今使用畲语，并保持着传统婚丧嫁娶、祭祖祭祀等习俗，被称为"千年山哈·百年畲乡"。我们要去的地方，叫做戴家山，先锋书店在那里开了一个图书馆。我们没有想到，这样的深山里，居然有那么好的景致；当然更不会想到，还有那么有设计感的村落。知名设计师张雷，利用当地的传统夯土墙民居，结合当下的审美，把许多破败的房子改造成了极有文艺气息的空间。这些空间，有书店、咖啡馆、大礼堂，也有民宿、餐厅。建筑落在群山环抱之中，四面翠竹流云，涧水轻潺，令人流连不已。

山边开着一丛丛的映山红，有红的，也有白的。书枝看见一丛白色的映山红，便要过去看个明白。映山红，也就是杜鹃花，品种很多。我们此时见到的白杜鹃，记得以前老家的山上常有，这些年反而少见了。听山农说，这种白杜鹃在二三十年前山上是很多的，只是近几年，有一些外地人前去盗挖，渐渐就难觅芳踪。这次我们居然在栽山，一个拐弯处意外撞见，也算是小小惊喜吧。

戴家山整个村庄，就着山势错落展开，一条溪涧从高山蜿蜒而下，穿过村庄。涧中都是大大小小的石头，石头边上菖蒲丛生。大家一起在村中散步，过溪看花，登高观树，阳光洒在身上暖暖的。这真是一个温暖的春日。

山里的鸟鸣，是大自然中最美妙的乐音。有的时候你都不知道那些鸟声是如何汇集起来，一忽儿在那里成堆叫着，一会儿又换了地方，在另一个树丛中叫着。叽叽喳喳，队伍庞大。我在老家常山的乡下闲住之时，也最喜欢听春天的鸟鸣。麻雀是最多的，成群结队，行动莽撞；屋后山上，则常有布谷鸟的声音，远远地传来，仿佛传递农事的消息。

放在以前，春分真是农事繁忙的时候了。我到戴家山去，也是讲种田的事——几年前，我从城市回来，回到浙西常山乡下老家，种田喝茶，读书写作，寻找一种山野生活的节奏。我相信，当回到乡野的年轻人多起来时，乡村才会真正拥有活力。

父亲是种田的一把好手。从前，我们田野里的水稻是一年两作，一季早稻，一季晚稻。那时农事的安排，就比现在种单季稻要密集得多。到了三月下旬，田地里就要备耕了。四月起头就要稻种催芽、播种，月底要插秧完毕。春分之后，桃花梨花在田野开放，花影错落，四处都是劳碌的人影。

《四民月令》："二月阴冻毕泽。可菑美田，缓土及河渚水处。"

《种植书》："凡种竹，于二月斸去西南根，于东北角种其鞭，自然行西南。盖竹性向西南行也。谚云：东家种竹西家种地。"

跟着时节紧锣密鼓往前安排的农事，一桩桩一件件，记在千百年前的古籍上，也贴在不识字的农人们的日子上。我有时都很惊讶于农人们的记性，什么时候种蚕豆佛豆，什么时候栽番薯黄瓜，他们都记得清清楚楚，从不会遗漏，也不会错过时节。立春的时候赶牛下地，打它两鞭子，吃两个春团；到了惊蛰，听到几声响雷，去竹林掘几株笋，用咸肉煮来吃；清明的时候，思念一下远去的亲人，看梨花在屋角绽放；小满的时候谷物在田地里抽穗拔节；到了芒种，那就挥汗如雨，把大半年的辛劳都扛在肩上。这就是中国人的节气。节气，就是生活的规矩，草木与人，都要遵循这些规矩。

莪山那个小山村，本来年轻人都离开了，进城去工作和生活。闭塞的村庄中只留下一些老人。不知道什么样的机缘，莪山吸引了那么多设计师、艺术家、文艺青年，也吸引了那么多心怀理想的乡村建设者。他们来到莪山，一点一滴，把莪山变得美好、干净、丰富，也把莪山的日子变得纯粹、简单、愉悦。

　　从莪山回来，我还常想起那里的梨花、山路、映山红，也惦记那里的书店、夜晚、咖啡馆。我想，在那里，朋友们共同努力复活的，其实是一种乡村生活记忆，或者说是一种传统中国的生活方式。这种生活方式，是顺应时间，敬天爱人；是早出晚归，不作不食；是心向田园，宁静日长。我还想，说不定，那才是生活最好的样子。

谷雨

清明

清
明

清
明

谷
雨

谷
雨

陆

谷雨

取自「雨生百谷」之意，降雨量充足而及时，谷类作物能苗壮成长。

一候萍始生；二候鸣鸠拂其羽；三候戴胜降于桑。

伍

清明

气温回升，天气晴朗，草木繁茂。

一候桐始华；二候田鼠化为鴽；三候虹始见。

小满

中国人的时间哲学

仪式
节气风物之美

立夏

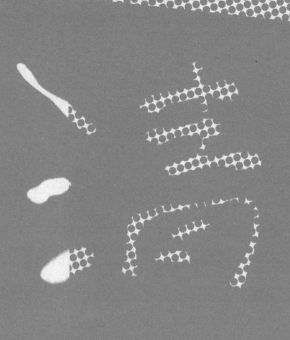

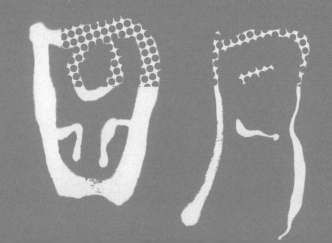

清明

伍

清明夜

好风胧月清明夜，
碧砌红轩刺史家。
独绕回廊行复歇，
遥听弦管暗看花。

——唐·白居易

梨花青团

清明要干什么？除扫墓之外，还要荡秋千，放风筝，吃青团，看花，吃螺蛳。螺蛳是螺蛳，田螺是田螺，不一样的。看花，可看紫云英，阿拉伯婆婆纳。周作人写越地风俗，清明上坟的船头篷窗下，总露出些紫云英和杜鹃的花束来，很有画面感。杜鹃在浙西山区，是要抬头看的，漫山遍野里，杜鹃花漫不经心地开着，又红得招摇。看花，还可看梨花。于青黛的屋角，伸出一株梨树，那一树梨花白，顿时明亮了整个村庄。在我看来，梨花远比樱花要好看，梨花，怎么说呢，美得厚重一些、沉稳一些。堂前看梨花，灶下起炊烟，梨花白，那是俗世的美。

还可以想念梨子的味道。

青团，好像清明时节各地的人都要做起来吃。车前子写苏州的风物，说到青团，颜色青碧，是用麦汁和面制成，豆沙脂油馅。这是苏州人的吃法。周作人写故乡的食物与野菜，说到黄花麦果，应该也是青团，用的却是鼠曲草来和面。

鼠曲草，"系菊科植物，叶小微圆互生，表面有白毛，花黄色，簇生梢头。春天采嫩叶，捣烂去汁，和粉作糕，称黄花麦果糕。小孩们有歌赞美之云：黄花麦果韧结结，关得大门自要吃，半块拿弗出，一块自要

吃。"

我到台湾，在九份老街上吃到阿兰草仔粿。草仔粿是闽南话的叫法，我打听过，它也是搀入鼠曲草，遂有青草之色。这种鼠曲草身上有白色的细绒毛，浙西老家泥地里，屋前屋后都有，只是我没有吃过。我们做的青团，系青艾叶制成。

我写过《艾香如故》，对做清明果的过程说得详细，现摘录一节：

将新鲜的野艾从田野里采来，用石灰水浸泡。洗净后，和粳米一起捣烂磨浆；浆又下锅用慢火煮，水分挥发，越煮越稠，颜色也越煮越好看，变成纯粹的青；渐渐的，锅里就有了艾团；要不停翻动、捣开、搅匀，为防粘锅，在翻动的同时用一块猪皮在热锅上擦出油来……艾团熟透时，起锅，便用它直接包了馅儿来吃。有包成饺状的，用印花的木模子压成圆饼状的也有。颜色是鲜绿的。包在艾果里的菜馅，多是用新出的竹笋、肉丁、雪菜、冬菜等炒熟了，包好时热乎乎的直接可食，辣得很，我吃得头上直冒汗。

清明果，形状有些像大型的饺子，褶子如花边。我捏不出来。

清明果也就是青团，放冷了也好吃。吃冷食的日子，是寒食节，是在清明的前一日，或前二日。这一日禁烟火，只吃冷食。

现在，寒食已经没有节了，与清明混在一处。但是古诗句里仍常有。苏轼当年被贬黄州，过了第三个寒食节，写了《寒食帖》，现被收藏在台北故宫博物院。

明人王思任，写过一首诗，是与寒食有关，更与我家乡常山有关。诗曰：

石壁衢江狭，春沙夜雨连。溪行如策马，陆处或牵船。

云碓滩中雪，人家柚外烟。故乡寒食近，啼断杜鹃天。

这首诗，书家常写，有一次本地书家写好，裱好，送到家里，我却觉得挂哪里都不舒服。啼断杜鹃天，这调子，啧啧。人家说，早是有家归未得，杜鹃休向耳边啼。杜鹃就是子规，它一声声叫着，子归，子归，而你却不归，这真是一桩想起就叫人感到难过的事情。

清明吃螺蛳，也是我们常有的。汪曾祺老家在江苏高邮，他说他们老家清明也吃螺蛳，谓可以明目。有趣的是，"孩子吃了螺蛳，用小竹弓把螺蛳壳射到屋顶上，喀拉喀拉地响。夏天'检漏'，瓦匠总要扫下好些螺蛳壳。"

我们吃螺蛳，不把螺蛳弄到屋顶瓦背上。许多人只在屋角倒掉。但是那满地的螺蛳壳，久也不烂，我见到也不免觉得有些落寞，恍惚有沧海桑田之感呀。

只好拿只板凳坐了。抬头，还是看梨花。

这个时候，若想起年轻时发过的愿、赌下的咒、喜欢过的人，也就风清气朗。没有什么比这更好的了。

春茶记事

　　杭州的春天，一定要有一杯茶。虎跑泉试新茶，乃是高濂"春时幽赏"里的重要一项，"西湖之泉，以虎跑为最；两山之茶，以龙井为佳。谷雨前采茶旋焙，时激虎跑泉烹享，香清味冽，凉沁诗脾。每春当高卧山中，沉酣新茗一月。"

　　高濂，明朝才子，真是会享受，懂得杭州一年四季的妙处。不过他那时候喝的龙井茶，跟今天的有些许不同。现在春天采摘最早的，是"龙井43号"新品种。初采的"龙井43号"卖得贵，一斤茶要两千到四千多元，吃的就是一口早茶的鲜与嫩；对于更多的老茶客来说，他们会耐着性子再等一等，过了清明两三天，茶价落了好多，而口味相差不是特别大，自己喝是最具性价比的。

　　龙井压得薄薄的，像静栖于碗底的羽毛。好的龙井，还有白毫显现，如羽毛散发光泽。前不久，偶然看到《新民晚报》副刊上，有个老茶客深情回忆他1983年在杭州买茶的经历。那年春天，他到杭州采访，住在西湖边，恰看到方上市的明前特级龙井，真是天价。他咬牙花了800元，买了两罐250克的龙井。营业员很热心，见他是住店客人，对这极品龙井不太了解，生怕他轻慢了这茶中尤物，特意好好地介绍了一番，由此，他被这以色绿、香郁、味醇、形美四绝闻名于世的龙井深深折服，每每品饮茶汤，沁人心脾，齿间流香之时，觉得那天价花销太值了。

1983 年的 800 元，是什么概念，我不是很清楚。应该能在小县城买一百平方米的房子了？

龙井在各类茶书、茶史中都有提及，名声太大，绕不过去。今年春天的茶事，也应当在其中写上一笔——因为疫情影响，采茶工都是特意安排车辆去外地接来的。譬如龙井村就安排了 64 辆大巴，从各地接来 1593 名采茶工。当然防疫的措施，必须是十分到位的，采茶工统一集合，专车到了，逐个测体温、查健康码，然后上车。两个座位坐一个人，彼此隔开，50 座的大巴车只坐 25 人。一路上也不在服务区停留，点对点直接送达。为让采茶工有地方住宿，村民除在家中辟出专门房间，龙井村还搭建近 20 个集装箱住宅，为外来采茶工提供休息场所。

在龙井茶园里，采茶工们一排排戴着口罩，双手翻飞采茶，也是百年来没有过的风景。

90 多年前的清明前一天。山岚萦绕，雨意空蒙，穿长袍马褂的茶叶商人方冠三，行走在龙井村泥泞的山路上。伙计肩上，是刚从当地茶农那儿收来的明前新茶。

沉沉的箩担里的新茶，不消几日，就会寄到千里之外的北平去了。

杭州的龙井村、梅家坞村、双峰村等地，采茶的，炒茶的，喝茶的，买茶卖茶的，年年这个时节都热热闹闹，茶事纷纷，茶香飘荡。

方冠三是城里方正大茶庄的老板，安徽人，茶叶生意做得很好。龙井的茶叶名声在外，乾隆六次下江南，四次到龙井茶区看茶农制茶，品茶赋诗。到了民国时期，龙井茶已经成为中国名茶之首。明前龙井，量少价高，方老板又怎肯错过？

尽管山路泥泞并不好走，方老板一早就带着伙计奔来了。收茶持续了半个月，方老板收获不小。4月4日至18日，共收购龙井村"戚龙章"茶行的"狮"字茶叶4408两（合约137.75公斤），"本山"茶6181两（约193.15公斤），共计大洋2281元6角4分5厘。这些钱，于5月12日全额付清。

几年前，我在杭州的收藏家章胜贤的家里采访时，见到方正大茶庄75册旧账本。方正大茶庄，民国时期杭州最大的三家茶号之一，开在羊坝头。另外两家，分别是"汪裕泰"和"翁隆盛"。这些旧账本，从1929年记到1936年，正好是方正大茶庄的鼎盛时期。

作家王旭烽在她的小说"茶人三部曲"之《南方有嘉木》中提到方冠三的名字。她说："从徽州穷乡僻壤出来的小学徒，到腰缠万贯的大老板，这部发家史，说起来，也不知有多少故事呢。"确实如此。随着多年经营的积累，以及徽商自古以来克勤克俭的品质，1930年，"方正大"在当时杭州最繁华地段羊坝头大街的拐角，造起了一座中西合璧的五层洋房，与高义泰绸缎庄遥遥相对。"方正大"也成了杭州屈指可数的著名茶庄之一。

"方正大"不仅做龙井茶的门市销售，还做邮售、厂商批发等业务，在广东、香港都设有办事处。生意往来客户遍及各省、市及港、澳、海外各地，每年吞吐的茶叶数以万斤计。茶庄信誉好，经济实力雄厚，茶庄发行的"庄洋"还能够在较大的范围流通。

抗日战争全面爆发后，茶叶生意一落千丈。1937年12月，杭州沦陷，方冠三携家眷带着细软财物，从水路逃难，回皖南老家。一家人从钱塘江溯水而上，历经千辛万苦。在途中又遭到匪盗劫抢，装有多年积蓄的皮箱细软下落不明。遭此重创，方冠三一病不起，不久就去世了。他一生勤勉辛苦，白手起家创业，辉煌过一时，终因时局动荡，未能长久，想起来就令人叹惜。

赏西湖、坐茶室、饮龙井、吃藕粉，被生活美学家梁实秋总结为"四美"。他在《喝茶》一文中说：

……近处平湖秋月就有上好的龙井茶，开水现冲，风味绝佳。茶后进藕粉一碗，四美具矣。正是"穿牖而来，夏日清风冬日日；卷帘相见，前山明月后山山"。

平湖秋月，现在依然是赏湖景佳处，一杯龙井，茶烟袅袅之中，远山黛影，水波淼淼，使人荣辱皆忘。平湖秋月正对的一处小楼，也是喝茶的好地方。

1916年8月，孙中山从上海到杭州，到江干区的一家茶叶店饮了龙井茶，后又登上六和塔，俯视钱塘江。接着，再去虎跑掬泉品龙井茶。龙井茶的清香与甘醇，给孙中山留下深刻印象，说龙井茶"味真甘美，天之待浙何其厚也"。

郁达夫平生也嗜茶，最钟情者也是龙井。

涌金门外临湖的颐园三雅园的几家茶馆，生意兴隆，坐客常常挤满。而三雅园的陈设，实在也精雅绝伦，四时有鲜花的摆设，墙上门上，各有咏西湖的诗词屏幅联语等贴的贴挂的挂在那里。而且还有小吃，像煮空的豆腐干，白莲藕粉等，又是价廉物美的消闲食品。

郁达夫一生酷爱西湖山水，写下诸多赞美西湖的诗文，其中有一首诗，《登杭州南高峰》有句："病肺年来惯出家，老龙井上煮桑芽。"

1932年秋天，郁达夫又到杭州养病，住在湖滨沧州旅馆，他在《沧州日记》中写道："上翁家山，在老龙井旁喝茶三碗，买龙井茶叶，桑芽等两元，只一小包而已。又上南高峰走了一圈，下来出四眼井，坐黄包车回旅馆，人疲乏极了，但余兴尚未衰也。"

翁家山是龙井茶的核心产区。此地种茶制茶的历史，可上溯到明朝正德年间。西湖龙井又以狮峰为上品，且以"明前茶"为上乘珍品。翁家山村的整片茶园出的就是狮峰龙井。

再往前说。清朝的袁枚，杭州人，一生尝尽好茶，还是很推崇龙井茶。

尝尽天下之茶，以武夷山顶所生，冲开白色者为第一。然入贡尚不能多，况民间乎！其次，莫如龙井。清明前者，号莲心，太觉味淡，以多用为妙。雨前最好，一旗一枪，绿如碧玉。收法须用小纸包，每包四两放石灰坛中，过十日则换石灰，上用纸盖扎住，否则气出而色味全变矣。烹时用武火，用穿心罐，一滚便泡，滚久则水味变矣，停滚再泡则叶浮矣。一泡便饮，用盖掩之，则味又变矣。此中消息，间不容发也。

袁枚嗜茶，追求喝茶的境界是，"七碗生风，一杯忘世。"又说龙井，"杭州山茶，处处皆清，不过以龙井为最耳。每还乡上冢，见管坟人家送一杯茶，水清茶绿，富贵人所不能吃者也。"

龙井茶的清鲜，引得乾隆也闻香下马。传说他骑马到狮子峰下胡公庙前的石桥边，勒缰下马，在溪边的一块茶地上采撷茶叶。后来大家就把乾隆采过的茶地圈起来，称为"御茶"，共有一十八棵，人称"十八棵御茶"，到现在都有，年年人争睹之。其实那十八棵御茶，并不见得有何可观之处；倒是乾隆到此采风之后，留下两首诗。他写的诗，数量太多了，姑且读一读这首《坐龙井上烹茶偶成》：

> 龙井新茶龙井泉，一家风味称烹煎。
> 寸芽生自烂石上，时节焙成谷雨前。
> 何必凤团夸御茗，聊因雀舌润心莲。
> 呼之欲出辨才在，笑我依然文字禅。

事实上，乾隆六次下江南，四次都去看采茶做茶，也品饮龙井，每次都留下了茶诗。

西湖龙井之名始于宋，闻于元，扬于明，盛于清。杭州产茶，初见于南北朝时期，相传是诗人谢灵运在杭州下天竺翻译佛经之时，从天台山引种而来。

龙井茶的历史，可追溯至唐代，茶圣陆羽在他撰写的《茶经》中提到："钱塘生天竺、灵隐二寺。"当时，西湖产茶基本集中在天竺、灵隐一带，僧人在寺旁开山种茶，自种自采、自制自用，也用来招待香客。

不过唐代的人喝茶，跟今人不同，那时都是采用"煎茶"之法，即在水二沸时，下茶末，三沸时煎成，这样煎煮时间较短，煎出来的茶汤色香味俱佳，然后连茶带汤，一并饮用。

　　到了宋代，人们就创造了"点茶"的喝法，把茶饼碾成末，用茶盏饮茶。再到明朝，就更简单一些，烦琐的煮茶、点茶被撮泡法取代。于是，茶与水的品质就更加讲究了。正如本文一开始提到的，明代文人高濂就指出，龙井茶配虎跑水，乃西湖双绝。时至今日，不少杭州人仍在清晨开汽车、骑小电驴、骑自行车、步行挑担，以种种方式前往虎跑泉取水，蔚为壮观，此似仍可看作杭州人生活中的一件雅事。

十二 秒鸟鸣

清明之日，六时许，被声音叫醒，晨曦透过窗帘洒进屋，鸟群在遥远树梢上啼叫，却仿佛就在窗外。种种鸟鸣，丰富极了。它们是如此亲切与熟悉。不请自来，如晤旧友。在乡下住着，夜的眠床舒适，贴合人的神经，常常是一夜无梦到天明。天明了，叫醒我的可能是，母亲在厨房里升火腾起的炊烟；可能是，来去纷繁的鸟鸣；可能是，山谷里的伐木声。唯一的不可能，是梦想。

旧时堂前燕，年年春天到。吃早饭时，就有燕子飞进屋来，不避人地在楼板下啼叫。啼叫的话语，据舅舅说是：不要你的油，不要你的盐，只借你一处墙壁住住。春燕年年衔泥来筑窝，老屋里筑起十几个燕窝，错落有致。雏燕新出，大鸟小鸟叽叽喳喳欢叫，过些日子，鹅黄的小嘴探出窝外，接取归来的大鸟嘴中衔着的小虫，这一幕，让小孩子伸长脖子，在楼板底下看得有趣。再过些时日，小燕学飞，跌跌撞撞，再过些时日，来去自如，早出晚归，春去也。

早饭过后，友人从日本奈良发来一张图片，是那里的梯田，题目写的是，"飞鸟稻渊"。飞鸟是地名，也是时间，不是我在屋外看到的飞鸟。稻渊就是梯田吧——图片上，梯田层层叠叠，前景是一片油菜花，

这却与我的故乡是一样的。此时，屋前田野，油菜花开得浪漫，却并不是连绵不断，而是这里一块，那里一块，又间杂一些紫云英。紫云英这些年没有人种了，只有我们还在稻田里撒一些种，蓬勃地长出来，做绿肥。这样的种田法，是墨守成规的样子，然而这样也无妨。便是屋前的鸟鸣也是墨守成规的样子，它们就那样叫着，仿佛从来也没有变过——

啾。啾。啾。

清明——归啾。

清明——归啾。

鸟的品种确实是非常多，音色混杂，各不相同。大太阳，我坐在门前桂花树下，喝明前的奉化曲毫茶。阳光洒在大地上，而我落了一肩的油菜花粉。其实也不只是油菜花粉，更有蓬蘽花粉、紫花地丁花粉、梨花粉、李花粉、海棠花粉，甚至是青菜花粉。青菜花，我摘了一小把，插在空了的啤酒瓶里，搁在桌上，喝茶的时候顺便看花。

我忘了带望远镜回来——这会儿，几只小小的雀，头褐腹白，轻灵小巧地站在菜园的篱笆上腾挪跳跃。一只粗嗓子的大鸟站在高高的栗子树梢上叫。两只喜鹊一前一后地掠过菜园。那个小菜园里已经种了十六棵辣椒苗与四棵番茄苗。父亲从县城买的，一元一棵，他已经把所有的辣椒苗和番茄苗都安顿在了土地里。

两只母鸡咕咕咕，在菜园篱笆外边啄食雷公竹的笋壳。前一天我与父亲一起上山挖笋，挖的是大笋，泥里白。今日中午便吃雪菜炒笋片，昨日中午是吃咸肉炖笋块。都好极了。笋是春天的妙物，其滋味鲜美，鲜得不可方物。

　　父亲拎了一桶水，去菜园里浇辣椒与番茄。我安静下来，听着五十米开外那棵栗子树梢上的鸟鸣，觉得清晰，如在耳边。于是打开手机上的录音软件，录了一段鸟鸣。这样随意地录了十二秒，重听时发现，居然澄澈得像是黑胶唱片里淌出来的一样！这鸟鸣。

　　我一遍遍重听，并想着，能把这十二秒的鸟鸣用邮件分享给谁。呆坐了一会儿，手机屏幕上就又渐渐地落了一层黄色的花粉。

晚春时候，手边一缸绿茶，我在屋后胡柚林边闲坐读书，读的书是德富芦花的《春天七日》。文字浅浅淡淡，写武藏野乡间的日常生活，春天里的习见事物，野菜，风筝，油菜花，白蝴蝶，几乎和我生活的浙西乡野一模一样，读来觉得分外亲切。而我此时所处的地方，亦有阵阵馨香递送，正是胡柚开花的时节。读书间隙，抬头去看看枝头的花蕾，一簇簇白色花骨朵拥在枝叶间，尚未到怒放时节，少数的花朵心急初绽，已然吐露浓郁的芬芳。

胡柚是我十分喜欢的水果，也是家乡独有的特产。胡柚果秋日成熟，是为乡野一景，而春日柚花飘香，更为我所喜欢。早些年，我在城市中工作生活，偶尔才回乡。有一次，夜间从高速路口出来，打开车窗，一阵馨香扑鼻而至，我知道那是柚花的香，那一刻深觉故乡如此美好。

此时日渐西斜，柚林深处，鸟儿欢唱不歇。我回到故乡生活，已有三四年了，故乡的宁静让我欢喜。此时，鸟儿们似乎也在挽留这夕阳。鸟儿越是欢唱，晚霞颜色越是浓酽。过一会儿，有一位邻人老伯路过，在门前略作停留，我便唤他歇了锄头，来喝一会儿茶。老伯个子不高，亦瘦，务农一生，是真正的农人。他的晨昏，几乎都是在田间地头度过，我见到他时，他不是在稻田里忙碌，便是在柚林里干活。不知道为什么，土地上总有那么多的活儿等着他去做。但老伯说，作为一个农人，只要想做，田地里的事是忙不完的。不过，人只要在田地里，就觉得稳稳当当，心里舒服。

此刻，老伯与我相对闲坐，各捧一缸茶，一时无话。似乎我俩都沉浸在柚花香中。过一会儿，老伯歇下茶缸，指指柚树林，说这个时节，可以在每棵树中间开个小沟，这样雨季来时，这片地就不会积水了。柚树怕水淹，林间排水畅通，对树好，对果实也好。我以前从来没有关注过这样的事。老伯又说，如果要施肥，可在树根主干的四面，挖出放射状的几条浅浅小沟，把有机肥倒一些在上面。有机肥，譬如说山茶油的饼渣子、猪栏稻草之类，猪栏稻草现在没有了，可以用沤过的稻草代替，铺在上面。柚树开花，一段时间花谢后挂果，如果有肥力跟上，秋后的果实就会甜很多。

老伯闲话不多，说了一会儿，又默默地喝茶，喝完茶，他就告别了。他瘦小的个子，在夕阳里向着家走去，影子拉得长长，这一幕令人感到温暖。

在我们乡下，老伯这样的农人很多。他们沉默寡言，却深深懂得土地的学问。我们这些读过一点书的年轻人，自以为已经懂得这个世界很大的一部分，其实，跟老伯这样的农人一比，我们所知的，只是极其微不足道的一丁点儿。是啊，这世界大部分的美，我们都无暇驻足，更无意观察与聆听，事实上，对于土地上的事，我们一无所知。

第二天，趁着天气晴好，我也拿了一把锄头，到柚林间去干活了。按照老伯说的那样，我在柚树墩与墩之间的空地里，开出一条排水沟来。再过两天，我要慢慢在柚树主干四面，挖出几条浅沟来，少少地施一点肥料，以示对柚树开花的慰劳。

干着这些活的时候，我出了一身的汗。停锄小憩时，在我身边两三平方米之内，我聆听到各种各样的虫鸣鸟叫，聆听到风与树梢的吟唱，也能看到生命的无尽的勃勃生机，也闻到胡柚花的香，在风中飘荡。

这是一个平常极了的黄昏。这也是一小片平常极了的柚林。此时此刻，大自然无尽的秘密，似乎正在向我敞开。太阳渐渐西斜，我心中寂然欣喜。

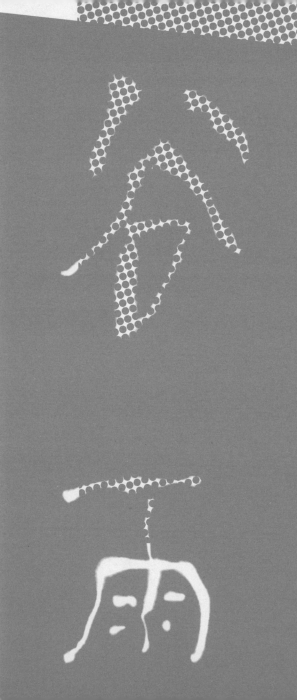

谷雨

陆

谢中上人寄茶

春山谷雨前，并手摘芳烟。
绿嫩难盈笼，清和易晚天。
且招邻院客，试煮落花泉。
地远劳相寄，无来又隔年。

——唐·齐己

放 春归

布秧，是《耕织图》里的说法，通俗地说，就是播种。

谷雨到时，就该布秧了。"谷雨，谷得雨而生也。"这是《群芳谱》里的一句话。此时寒意基本已经消退，大地暖洋洋的，天明气清，万物欣欣，草木都冒出了嫩芽来。

田野里，到处都是劳作的人。耕田的，翻地的，整理田埂的，抹平秧田的，都在四野里劳作。老家常山县地处浙西南，此时正是春光大好的时候，农人们脱了厚外套，在阳光下的田野中播种。四时轮回，周而复始的水稻种植劳作，就从这个环节开始了。

水稻的播种，也并不是直接把水稻的种子播到田里那么简单。江南的农人，历经数千年摸索，已有成熟的水稻播种经验。在播种之前，先要浸种——把稻谷种子放在水中浸泡，使它吸足水分，然后置于温暖湿润的环境，促使它发芽。催芽两日夜后，才可以播种。浸种—催芽—播种，这三个步骤，必不可少。

播种之前，先要用田荡把秧田泥土弄平。

田荡，是匀平秧田泥土的农具。它还有调和秧田中水和泥的作用，通俗一点说，就是"和稀泥"。

《农政全书》上说："田方耕耙尚未匀熟，须用此器平着其上荡之，使水土相和，

凹凸各平，则易为秧莳。"

　　这么古老的农具，构造却是非常简单。看到大人在田里，用田荡在推泥巴，小孩子都好想脱了鞋袜，去尝试一下。现在的田间，已少见专用的田荡，往往以翻谷耙没有齿的那一面来替代田荡。当然还有一些村民会动脑筋，有更简单的办法：用一条长板凳反扣在泥面上进行。

　　"和稀泥"完成之后，泥土表面滑润细腻，就可以把已经催出新芽的谷种撒下去啦。

　　稻谷种子已经露出嫩芽与白根。它们纷纷落入泥水之间，借助自身的重力缓缓下沉，浅浅地进入泥中，利于扎根，也利于生长。

　　《耕织图》里有一幅图，就是描绘农人播种时的场景。《耕织图》是南宋绍兴年间画家楼璹所作，它得到历代帝王的推崇和嘉许。男耕女织，这是中国古代很美丽的小农经济图景。

　　让我们看一看古书里是怎么写的：

> 旧谷发新颖，梅黄雨生肥。
> 下田初播殖，却行手奋挥。
> 明朝望平畴，绿针刺风漪。
> 审此一寸根，行作合穗期。

　　南宋的楼璹，在於潜任县令时，绘制《耕织图》45 幅，包括耕图 21 幅、织图 24 幅。到了清朝，康熙南巡，见到《耕织图》后，感慨于织女之寒、农夫之苦，传命内廷供奉焦秉贞在楼璹所绘基础上，重新绘制耕图和织图各 23 幅，并每幅制诗一章。

《耕织图》，可以说是真正的国宝。后代流传各种版本的《耕织图》，形成了中国绘画史、科技史、农业史、艺术史中一个独特的现象，成就了中国文化遗产的一大瑰宝。《耕织图》后来还流传到世界各地。我在网上见过一个版本，由日本京都的狩野永纳在 1676 年摹写。

可是，《耕织图》里那种传统农耕的场景，在我们的乡村里却是渐渐消失了。

谷雨时节，与农人的忙碌同步，故乡的草木也一样按着时令变化，草长，莺飞。此时杨花落尽，子规鸣啼，我们在溪边，看见春水丰涨。山谷里，杜鹃花开得十分热烈，小时候我们身后挎着黄布书包满山满野疯跑，跑累了就坐在山岗上吹风，伸手从边上摘一枝杜鹃花来吃，酸溜溜的。不过不能多吃，听说吃多了会流鼻血。

山里的茶农，会赶着春天的最后一个节气采茶。雨前茶，不及明前茶那样的细嫩，但滋味鲜浓，而且耐泡，也受到茶客们的喜欢。早在两百多年前，乾隆写过一首《观采茶作歌》："嫩荚新芽细拨挑，趁忙谷雨临明朝；雨前价贵雨后贱，民艰触目陈鸣镳。"诗中所说，便是谷雨前后的茶价之别。其实，在整个春天，新茶的行情都是一天一价。

吹过田野的风，越来越温煦。再过三五天，稻里冒出一片嫩绿。秧苗越来越长。秧田里的蝌蚪们也慢慢长成小青蛙，在田埂上草丛间，蹦蹦跳跳。

记得杨万里曾写过一首《三月二十七日送春绝句》："只余三日便清和，尽放春归莫恨他。落尽千花飞尽絮，留春肯住欲如何？"

再往后，初夏就要来了。

那是我所感受过的，最有进入仪式感的地方 —— 山路迢迢，溪回峰转；到了溪山深渡门前，还要过一座吊桥，跨一道山门。

栈道弯弯，穿过密密竹林，溪声哗然，这溪声让整个山谷愈显安静。沿木栈道拾级而上，两栋黄泥夯土墙的老房子出现在眼前。这夯土墙的老房子，极具设计风格的餐厅、钢架楼梯与门窗，三两错落的花草，还有夯土墙上的深渡名字，眼前一切，既熟悉又充满文艺气息。

房间名分别是惊雨、云空、山蔼、雨前、笑上、清潭、鸟鸣、石泉、竹隐、解颜。

每一个房间名，都出自范仲淹的诗作，《萧洒桐庐郡十绝》。他的诗作，千百年来都是桐庐最好的广告词 —— 范仲淹几乎就是为深渡而写的诗句啊。我住的这一间，叫"惊雨"——"萧洒桐庐郡，春山半是茶。新雷还好事，惊起雨前芽。"

溪山深渡，在桐庐富春江镇芦茨村的山野之间。女主人李梅当初来到深渡所在地时，对着这片绝美的溪山看了很久。

那时也是这样的春天，溪边的桃花刚开，对岸的竹林间掩映着两三座破败的房子。一条溪，也没有桥，怎么跨到溪对岸的山上去呢，李梅犯了愁。

她问身边的先生，对面的人平时怎么

春山半

出去呢？

> 靠走呀，翻山，过溪。
> 那发大水的时候怎么办？
> 那就不进不出了。

那时她只当是玩笑的话。在平原生活的人，想象不出山里涨大水是什么样子。这个几乎很少体会生活艰辛的女子，没见过山溪洪水汹涌激荡的可怕。她只是觉得这一块地方太好了，要是在对岸山坡上做民宿，那多美啊！

> 没有桥，那就造一座桥。
> 没有路，那就修一条路。

为了美，她是愿意付出很多代价的，或者说，这几十年她就是为了追逐美而来的。她是江苏常熟人，桐庐媳妇，跟随先生来到了桐庐。常熟的书画氛围浓厚，她自小也喜欢文艺，热爱写写画画。她之前做生意，有空了就是写字画画。她的书法，练了快二十年。

写字带来什么变化呢？回头想一想，这十几年间的故事，或多或少，都跟写字画画有着某种奇妙的联系。

譬如选择这么一个山水之间的所在，构建一处理想主义的栖居之处，难道不是中国传统文人沿袭千年的意趣和追求吗？

从外面的世界来到这山里，缘溪前行，超然寻觅，不就是一幅当下的《溪山行旅图》吗？甚至于床头的册页、餐厅的菜单，都是李梅自己用毛笔手写的——几行娴雅的小字，隐隐传递出来的，亦是对生活极致之美的热爱与追求。

民宿的设计，请的是享誉亚洲的台湾设计师。李梅和设计师一起，带着柴刀钻进丛林，测量现场，碰撞灵感，一点点修改和完善设计。最终，老房子呈现出了动人的氛围，一切都太美妙了。一座吊桥，仿佛是连接外部世界与理想世界的通道，古朴自然，又与环境完美融合；通过晃晃悠悠的吊桥，迈过一扇山门，就进入一个幽静清雅的所在——你半生寻觅的地方，就是这里了。

在深渡的房间，可以对着窗外的山景云影闲坐，一坐，就是半天。云影是缓慢行走的，山色是渐次变化的。溪水声连绵不绝，鸟儿窗前飞过。坐久落花多。坐久了，还可以看见五月梅在泳池边渐次开放，听见芭蕉在风中浅浅低唱。

这一切，正是很多人在脑海中想象了无数遍的理想生活。在这样的地方，喝茶，读书，听琴，焚香，写字，画画，把时间调慢，跟自己对话。

美，从来不会带给人任何压力，一切都是舒适极了的。只是在一抬头、一注目之间，那美就缓缓地流淌于身边，流淌进你的心里了。

还有些朋友来学插花。花材是山上都有的，枯树枝，白芦苇，新茶花，野蕨叶，随意地插在坛坛罐罐里，也是别有生趣。还有一帮朋友，尤其喜欢溪山深渡的酒，土烧酒、李子酒、桑葚酒、梅子酒，都好喝极了，换着喝，一样一样喝过来。也有人来做植物染，染一块自己喜欢的茶巾。溪山深渡的私房茶不错，红茶配的陈皮，喜欢喝的人很多。有的客人喝了喜欢，就带几包茶叶走。

三月初，竹林里笋很多，客人跃跃欲试去山上挖笋。也可以采茶。李梅把村里一片荒废的茶园整理出来，客人可以自己采茶，然后自己在锅里炒起来，第二天带回去。

溪山深渡与村民们也成了一家子。秋天村民捡了毛栗子，就送到民宿来了。采了野蜂蜜，晒了毛笋干和黄花菜干、红薯淀粉，也送到民宿里来。李梅说，村民们的土特产，东西是很好的，他们拿进城去卖，路远费事，李梅就直接收进来。有的就给客人吃，或者用她的渠道包装和销售，这样也帮村民们增加一点收入。民宿不仅是一个住宿的地方，也是连接城市与乡村的一座桥。

山居生活，四时皆美。冬天是冷的，而下雪之后，又有隐世之美。春天是欣欣向荣的，春山一夜听涛声。夏天秋天，都有各自说不完道不尽的美，在此住着，可以一一体会。李梅常开车往返于市区与溪山深渡之间，晨昏之时，穿越城乡，感受如此不同，而对生活之美的追寻，都在这样的穿行里了。

她甚至觉得，那匹行进在《溪山行旅图》中的骆驼，就是自己了。

香椿

　　乡下日子一天比一天叫人欣喜。满眼绿意葱茏，枝头都是鲜嫩颜色。布谷鸟的叫声从山谷里传来，溪涧里的水流整天都在流淌，雨水似乎也多了起来，空蒙的远山，在村庄外面若隐若现。

　　读书，翻几页，又闲不住。抬眼望向屋外的景致。忽然发现不远处香椿树枝头爆出绛红色来。想着再过几天，就可以采摘下来吃了。接下来几日心神不宁，常常惦记那香椿头。后来索性就用竹竿做了一个小叉，去夹取高枝上的嫩芽，以便一饱口福。

　　香椿头炒鸡蛋很简单，把香椿在沸水里过一下，捞起来细碎地切了，拌到鸡蛋液里，热锅热油煎起来就好。香椿头有着浓郁的香气，真是一道极佳的下酒菜。

　　有时候会想，外国人大概不吃香椿的吧？譬如美国人，烹饪时的香料很多，胡椒、丁香、豆蔻、茴香、肉桂、孜然，欧洲人也都用这些，烤肉煎牛排什么的，就豪迈地往下撒。他们不知道香椿。若是知道了，是否也会尝试？香椿虽香，不见得大家都能接受。因其味道浓郁，也就把人群划分开来，一派是爱吃香椿的，一派则不爱吃香椿。这很有趣，物以类聚，人以群分，植物居然是可以用来区分人的，譬如还有，一部分人爱吃榴莲，另一部分则避之唯恐不及。就好像人与人秘密的接头，只要一个眼神，就知道是不是同频的人了。

谷雨前，若是有朋友来乡下找我，则以一道珍馐相待：清炒春韭。春韭嫩绿，割一茬，出一茬，欣欣向荣。头刀韭是最好的东西。杜甫说，夜雨剪春韭。春夜友人在，可以一起干许多美好的事。喝酒，聊天。折一把山花插在瓶里，二人深夜对酌，一杯一杯复一杯，山花兀自就开了。韭菜比香椿芽出得快些。香椿芽从枝头剪过一次，第二茬就要过很久才出得来，至少是半个月以后了。所以朋友来，第一道菜是春韭，第二道菜是春笋——春笋也是好东西；因为此二者常有。若是运气再好一些，则可以有第三道菜，香椿炒鸡蛋。而这，是要有机缘的了，不是谁都可以吃到。就好像不是谁都可以相对而坐，一杯一杯复一杯的。

香椿，我听城里的朋友说，一年比一年贵了。是按两来计，一两是五元至十元，算起来，一斤则是五十元到一百元。少，人皆贵之。在乡下，其实也并不多的。我遍寻四野，地头山边，也没有几棵香椿树。别人家的地头，偶尔有一棵。当然看到人家的香椿枝头，爆出闪闪发亮的香椿芽，不吃，就觉得可惜。有时终于忍不住，上门去问——某某，你家地头有棵香椿树，那椿芽可是要赶紧采了吃啊，不然就要老了呢。

老了的香椿头，不堪再吃。其实，香椿芽吃过一茬、二茬，等不到第三茬，春天就已经结束。若要吃得久一些，有一个办法，我是在清人顾仲的《养小录》里看到的——把香椿切细，在烈日下晒干，然后磨成细粉备用。煎豆腐，或是炒鸡蛋，放一小撮（为什么是一小撮，乃因其珍贵也，俭省着用），就很香了。菜里见不到香椿，又有椿香，真是很妙。

爱，并且表达出来，是一片赤诚。爱吃香椿的人，很多都为香椿写过诗。明朝的李濂，在沔阳做过知州——沔字读作"勉"，沔阳就是现在的仙桃——写过一首《村居》，"浮名除宦籍，初服返田家。腊酒犹浮瓮，春风自放花。抱孙探雀舟，留客剪椿芽。无限村居乐，逢人敢自夸。"

乡下日子何其轻快也。说起来，吃到一样好东西，是多么愉快的事。默默吟咏前人诗句，想着五百年前的人，也和我一样吃着香椿芽，幸福感同样地油然而生。我想，生活真是需要一点情趣的。没有情趣之人，大概眼见着门前的香椿树爆出嫩芽，叶子舒展，也不曾想着要去采摘来吃，只任它在枝头老去，就好像任由时光流淌而无动于衷——日子就是这样荒废着，一眨眼过完的。

立夏

柒

幽居初夏

湖山胜处放翁家，槐柳阴中野径斜。

水满有时观下鹭，草深无处不鸣蛙。

箨龙已过头番笋，木笔犹开第一花。

叹息老来交旧尽，睡来谁共午瓯茶。

——宋·陆游

乌米饭

十年前，我还在小城衢州生活。立夏前一天的傍晚，下了一场稀里哗啦的大雨。傍晚雨停，和三五好友驱车前往药王山，一路空气闻起来甜滋滋的，满目的青翠欲滴，十分养眼。

傍晚的药王山，很是安静。车轮在柏油路上驶过，留下沙沙沙的声音，不时有鸟儿飞来飞去，几声鸟鸣让山更添几许幽静。药王山下，溪水淅沥地响。"空山新雨后，天气晚来秋"，意境也不过如此吧。山尖上的云岚缭绕，使青山若隐若现，人不登上山去，只那么远远一望，心里便是一片的宁静、一片的清澈旷远了。

药王山脚有村民端着碗，站在溪边吃晚饭。他们吃的食物叫饭馃。饭馃是当地村民在立夏这一天必吃的传统食物。其主料是大米，把米饭煮熟，碾碎，再搓成擀面杖粗细的长条，继续搓成小条，切成小段；放水，入新鲜豌豆，入细笋丝，撒上葱花与干辣椒……这山村人家的简单食物，却令人赏心悦目，豌豆碧绿清甜，笋丝鹅黄鲜嫩，加之绿意和深红的点点葱花与辣椒，连汤带汁的一碗，呼啦呼啦得口中，豌豆是甘糯的，笋丝是鲜美的，米团子是有嚼劲的，这一碗立夏的食物滋味丰富，吃起来深觉过瘾。

原本是平淡无奇的白米饭，在立夏这一天，变出一碗诱人的饭馃，这是乡村单调日子里的花样吧。

立夏食饭馃的风气，其实在浙西乡间颇有一些地方流传；但我们的村庄，普遍会在这一天吃乌饭。这也是江南常见的了。乌米饭，本是用的白色糯米，之所以其颜色乌青发亮，是乌饭树的功劳。乌饭树长在山上，是一种灌木，采其枝叶，捣汁以浸泡糯米，蒸煮出来就是乌饭了。杭州的菜场里，立夏前一两天都有乌饭叶卖，只是价格一天一变，去得晚了，便常常不易买到。

宋时林洪著《山家清供》中，说到"青精饭"，乃是用"南烛木"（一名黑饭草）制成——

采枝叶，捣汁，浸上白好粳米，不拘多少，候一二时，蒸饭。曝干，坚而碧色，收贮。如用时，先用滚水，量以米数，煮一滚即成饭矣。用水不可多，亦不可少。久服延年益颜……

看来用以制乌饭的，绝不止"乌饭树"一种东西。明朝的方以智，在《通雅·饮食》"青（飧）饭"条下称："青（飧）饭，乌饭也。今释家四月八作，或以乌桕，或以枫。"乌桕叶或枫叶也可以做乌饭吗？我是存疑的。阴历四月初八前后，即是立夏，这与今时无异。

立夏日吃乌饭，除了林洪提到"延年益颜"的作用，更主要是民间相传，夏天来了，吃了乌饭可以驱蚊。杜甫就说，"岂无青精饭，使我颜色好。"《本草纲目》中也有记载，青精饭不仅被道家推崇，也逐渐被佛家所接受，成为每年四月八日佛诞日的供品。

到了立夏这天，我常常也会自己去菜场，买一点新鲜的配料，做一锅糯米饭吃。这时候的蔬菜摊位上满目翠绿，黄瓜、茭白、野山笋、豆苗、香椿，都是时鲜之物。好些人在买豌豆，有带豆荚的，也有剥好了的，热热闹闹的，摊主说今日立夏，可以用豌豆做糯米饭吃。

做糯米饭想来复杂，其实简单。把糯米浸泡一小时，沥去水分；热锅放油，翻炒蒜米炒出香味，加入豌豆、咸肉丁，也略炒出香气，再把糯米放入，加盐、生抽、料酒及一点点红辣椒，翻炒过后，转移入电饭煲，加少量水煮熟。熟之后搅拌均匀，再焖一焖，香香的焖糯米饭就做好了。油亮亮的糯米饭、碧绿的豌豆、红色的咸肉丁，真是一年当中色彩最好的一碗饭。

从前在乡下过日子，翻炒过后的糯米，并不转移到电饭煲，而是在柴灶铁锅里焖熟。这是十分考验技术的事。柴灶里开始时火势要旺，继而火势要敛着，以小火慢慢地煨；中间也不能揭开锅盖，否则容易夹生；时间控制得刚刚好，锅里的米都熟了，柴火撤除，开锅略微翻炒，锅底尚有一层微微的焦黄，正是锅巴，最香的那种，糯米饭的软硬度也适中，油光发亮，夹杂以豌豆的绿、肉丁的红，真是引人食欲。

立夏，是夏天的开始。"斗指东南，维为立夏，万物至此皆长大，故名立夏也。"《逸周书·时讯解》云："立夏之日，蝼蝈鸣。又五日，蚯蚓出。又五日，王瓜生。"夏天一开始，蚊虫就来了。这几天我们乡村，大概因为天热，夜间果然已有蚊子嗡嗡叫着在空中出没。一念及此，不由要多吃一碗乌米饭，管它有用还是无用呢。

立夏这天还要吃立夏蛋。所谓立夏蛋，也不过是普通的茶叶蛋而已。但立夏这天吃了蛋，热天不疰夏。疰夏就是指食欲减退，吃不下饭而消瘦。患者多为小儿。吃了茶叶煮的蛋，就不会疰夏了。

还要称一称孩子的体重，也是跟孩子的健康有关 —— 传说是刘备死后，诸葛亮把他儿子阿斗交赵子龙送往江东，并拜托吴国孙夫人抚养。那天正是立夏，孙夫人当着赵子龙的面给阿斗称了体重，来年立夏再称一次看体重增加多少，再写信向诸葛亮汇报，由此形成传入民间的风俗。民间衡量健康，一贯是以体重为标准，体重增加便值得欢欣鼓舞。所以立夏这天称人，也是有讲究的，移动秤砣时，只能向外挂，表示数量增加，而不作兴往里头移。时代变化了 —— 你看现在，大人们都以苗条为美，平日里的健身房也常常人头攒动，都要减肥呢，立夏日这天也不例外，没有见哪个健身房或减肥中心在立夏这天放假的。

浙江一带民间，有一首关于立夏食俗的民谣：

> 青梅夏饼与樱桃， 腊肉江鱼乌米糕。
> 苋菜海蛳咸鸭蛋， 烧鹅蚕豆酒酿糟。

门口，一株枇杷树，果实也越来越黄了。我看树丛里有些鸟儿飞来飞去，故意从枇杷树间飞过，是不是也在算计着枇杷的成熟日期。如果要吃，这时节的桑葚是最好的了，乌紫乌紫的，孩子们钻进桑林里，出来的时候，连嘴唇周围一圈也是乌紫乌紫的了。

说来说去，似乎立夏都是跟吃有关。门前的泡桐花，这些日子已经开得乱糟糟了，落在水缸里，一枚一枚朝上漂浮在水面上，就像是画上去的一样。泡了两天，那些花瓣变得近乎透明。

花落完，春天就这样过去了。我想起翁卷的诗句：

> 绿遍山原白满川，子规声里雨如烟。
> 乡村四月闲人少，才了蚕桑又插田。

立夏过后的农事，越来越密集了。

记得有一年，我去采访一位老人家，听他聊半生往事——那天我们就在他所住的老旧又逼仄的职工宿舍聊天。聊起那些往事，时光的镜头来回切换，半生岁月历历如昨，又仿佛转瞬即逝。他十分珍惜来之不易的幸福，家庭平和温暖，工作也尽心，多次被评为市级优秀教师。而他的老伴，那一头白发的妇人，一直在厨房里忙碌。出来时，手上捧了一锅豌豆糯米饭——我这才记起那天是立夏——她一定留我们在家吃饭，似乎我还与老先生饮了一杯酒；但我却因那一碗豌豆糯米饭，记得那一天，而且印象是如此深刻。

秧草

立夏边时，我到南京。过了饭点，许多饭馆都已打烊，好在终于在偏僻处寻得一间。

我一个人，口干舌燥，翻了半天菜谱，便想吃一点汤汤水水的东西，遂点了一个炒茄子，又点了一只百鲜锅。那只百鲜锅，量很大，是用河蚌肉、毛豆、青草与鸡蛋、肉丝同煮。那青草很青，在一锅的鸡蛋汤中，几乎显出浓绿了。吃了一下，仿佛有强烈的春天之味——直白一点，也可以说是草腥之味——然而那草腥味是好闻的。

这青草我不认识，也算是人生第一次吃。喝了两碗汤，觉得清鲜——河蚌肉、毛豆都是清鲜之物，又有青草的味道，就更添了一些清爽的感觉。于是特意叫了服务员来请教青草的名字。说是草头，也叫秧草。我问是不是紫云英。摇头又说不是。服务员是个小伙子，说他家乡扬中，这草头是很常见的青菜——怎么你们浙江没有呢？

我还真没有吃过。那秧草，每一枝都是三枚心形的小叶，看上去与紫云英颇有些相像。这时候，小伙子又说，在他们老家扬中，有一道菜非常有名，秧草烧河豚。河豚红烧，浓汤里裹挟着秧草，秧草虽只是配菜，与河豚搭配却是浑然天成，一荤一素，相得益彰。

这倒勾起我吃河豚的记忆了。

有位苏州的朋友告诉我，秧草烧河豚，秧草比河豚更好吃。在江苏和上海，秧草是春天里常见的佳肴。在太仓，还有酒香草头、糟油草头两种做法。早春，草头最嫩的时候，最宜于清炒起来吃，有甘甜的口感。这东西虽然日常得很，却也并不是四季都可以吃到。譬如扬中，乡村家家都会种一畦两畦秧草，春天出叶之后，一茬茬地吃，吃到初夏要老了，就多掐一些回来，晒干、切碎，然后用一个很大的坛子，将它一层一层地叠起来，叫做腌草头，可以一直吃到来年。

上海人清炒草头，也是要加酒，吃起来，有一股子浓郁的酒香。

我后来知道，这秧草，也就是苜蓿，因为开小小的金花，苏州人叫它金花菜。将苜蓿叶和玉米面搅和在一起，蒸熟了吃，叫做"拿勾"。

苜蓿，一直是在书里读到这个植物，我却并没有吃过它。只知道它跟紫云英一样，既是牲畜的饲料，也是绿肥的一种。不过，这玩意儿在哪里都可以生长，生命力相当顽强。有一年，我记得是到四川海拔三千多米的藏区去，坡上山地，长满这种绿色的植物，当地两颊深红的藏族娃娃告诉我，那就是苜蓿。

苜蓿常在唐诗里出现，也就不多说了；在国外也很常见——爱默生曾写梭罗："他喜欢苜蓿纯洁的香味。"

苜蓿的香，到底是怎样的"纯洁"，恐怕梭罗自己都难以一下说清吧。但是煮成汤，江浙沪的人还是很喜欢吃，到底清鲜可口——在南京的夜晚初识草头，我也就爱上这种青草的味道。那日虽然错过正常的饭点，找饭馆费了不少力气，却与苜蓿不期而遇，也算是意外的收获。于是喝了三碗汤。回到住处，还是感到高兴，在日记里记它一笔。

过了两天，读费孝通的文章，他在《乡土中国》中提到，初次出国，他的奶妈偷偷把一包用红纸包裹着的东西塞进箱子底下，并悄悄对他说，假如到了国外水土不服，老是想家，可以把红纸包裹着的东西煮一点汤吃。

那是一包灶上的泥土。

我觉得对于江苏人或上海人来说，如果把那一包灶土换成一包草头干，也未尝不可。千里之外想家的时候，煮一碗草头汤来吃，大概同样有医治水土不服的功效。

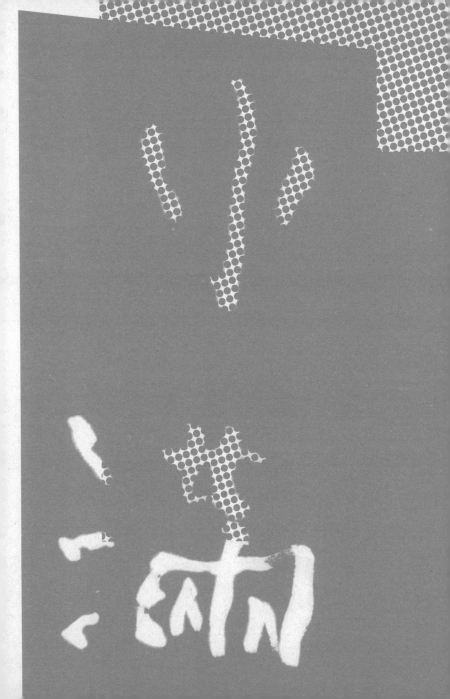

小满

捌

乡村四月

绿遍山原白满川，
子规声里雨如烟。
乡村四月闲人少，
才了蚕桑又插田。

——宋·翁卷

榴花红，枇杷黄

在路上走着，看见一树石榴花，忍不住停下来多看两眼。石榴花满树朱红，明丽照眼，真是好看。

五月下旬，天气渐渐热起来，各种各样的花开得热闹。第一次看见石榴花，是在钱塘江边上的一个小村庄，石墙外边一棵石榴，半树是红的；石榴的枝条有些细弱，即便是石榴花也颇有重量似的，托举不起来，只好一一垂挂在那里。细细端详，真是有些石榴裙的感觉，红色裙边层层叠叠，婀娜多姿。

在北京时，我喜欢在胡同里头四处乱逛，发现北京老胡同的四合院里，人们多喜欢种一两棵石榴树。石榴树当然是有好寓意的，石榴果实多子，多子多福是传统社会的中国人代代延续的生活理想。不过，在文人看来，石榴更多的是一道好风景，且不说画进国画里的有多少，单是现实生活中，你想一想也知道，五月的石榴花，那一树的红；到了九月石榴果实成熟，当院挂着，在秋风里悠悠荡荡，多么喜庆。老北京人说院子有四景，"冷布糊窗，红榴点景，天棚遮阴，大缸红鱼。"红榴点景，确实点活了一院子的风景。

"石榴裙"，最早见于梁元帝《乌栖曲》，"芙蓉为带石榴裙"，从唐朝开始渐渐流行。

那时"石榴裙"并不是说裙子真的像石榴花，主要是颜色鲜红如榴花。

写榴花的诗人真多！唐时杜牧在《山石榴》诗中写："一朵佳人玉钗上，只疑烧却翠云鬟"，这是讲别在丽人发簪上的石榴花，那么红艳，会不会像火一样烧起来？最著名的还是韩愈，一句"五月榴花照眼明"，让人沉吟至今。白居易是喜欢石榴裙的，"移舟木兰棹，行酒石榴裙"，这是讲穿着红裙子的姑娘在船上饮酒，初夏清新的风扑面而来，何其欢快也。到了宋代，苏轼在《阮郎归·初夏》词中说，"微雨过，小荷翻，榴花开欲然"。陈师道《西江月（咏榴花）》中也有"晚照酒生娇面，新妆睡污胭脂"句。

此时江南油菜熟了，父亲发来照片，图上油菜秆子都已被砍倒，晾晒在地上，待晒上几日干燥了，再挑回去，用连枷敲打出来。我记得油菜秆子在太阳底下曝晒时，侧耳细听，可以听到荚果噼噼啪啪爆裂的细碎声音。院墙外面有一棵石榴树，鸟儿隐在石榴细密的绿叶中间，一边鸣唱一边跳起跳落，把一树榴花震得恍恍惚惚。

白墙灰瓦矮墙头，不时见到一株枇杷树，举了点点金黄，伸到墙外来，勾引人的口津。然而巷子清净，并没有人偷撷之。

这是三年前的小满节气，我在苏州。我观察了一下，这样的枇杷树，在苏州的巷子里，如同一个产品名那样，果然多。大家也就习见。

我没见过哪个城市，像苏州这样厚爱枇杷树的。你在苏州随便一走，拐弯抹角，就能看见一株枇杷树。

那两天，我人还在苏州，却接到在杭州的塘栖下过乡插过队的潘家二姐的电话，她邀我周末同去塘栖采枇杷。我说去不了。第三日，居然又接到她的电话，说是枇杷已经采好，送到城中，约我去取。

杭州城北的塘栖，枇杷很有名，品种也多，比如软条白沙、大红袍、夹脚、杨墩、宝珠等等。皮色有红有黄有白，白的最甜，名曰软条白沙，皮外有芝麻样的斑点，果质厚软，汁多肉甜。

苏州的三山岛在太湖。岛上有许多枇杷树。坐观光车绕岛环游，见一株株枇杷树上挂满金果，整树却笼罩于大网之下。我揣度，这不是防别的，只防松鼠与鸟雀。岛民说，鸟雀最精，一树枇杷无数果，鸟雀们总能挑中最先熟透的那一批。这颗啄几口，那颗啄几口，糟蹋良多，实在太任性了。而我们，与鸟雀争食，树下吃到那枇杷，果然滋味鲜甜。

好的枇杷与坏的枇杷，味道真有天壤之别。哪怕大如乒乓球，皮相光鲜，但是滋味寡淡，既不酸又不甜，就是坏枇杷，弃之毫不足惜。好枇杷如何？好枇杷不一定要漂亮，果子哪怕小一些，皮上哪怕斑点多一些，核子哪怕大一些，都没有关系，只需 —— 有味。

枇杷也入画。虚谷画有枇杷立轴，一丛枇杷枝干直挺，枝与叶与果，都是朝上生长，顶天立地。画面不杂他物，一派峥嵘之气。

现实中，我是没有见过这样生长的枇杷。此画系虚谷晚年最后的作品之一，画意笔墨俱入老境，孤峭而冷峻。

吴昌硕画枇杷，题款上写："五月天热换葛衣，家家卢橘黄且肥，鸟疑金弹不敢啄，忍饥空向林间飞。"这样的句子很有意味。我见过许多画枇杷的作品，都题着这几句诗。

枇杷入画，叶与果实相得益彰。人人都知枇杷好吃，不知枇杷叶的好处。我记得小时偶有咳嗽，母亲从屋侧枇杷树上采几张枇杷老叶，洗净煎水，服之有奇效。

好久不动笔墨，我看见一篮枇杷在桌上，也动了心思，是想画一画的。然而，还是吃枇杷比较过瘾。遂罢。

吃枇杷时，想起旧时在老家，一筐枇杷摘了来，边吃，边吐核。乌亮的枇杷核子骨碌碌能滚很远。几只毛茸茸的小鸡，在地上追逐枇杷核，也跟乌亮的核子一样滚来滚去。丰子恺先生也曾写过一篇文章《塘栖》，其中说到他在塘栖喝酒的快乐：

> 我吃过一斤花雕，要酒家做碗素面，便醉饱了。算还了酒钞，便走出门，到淋勿着的塘栖街上去散步。塘栖枇杷是有名的。我买些白沙枇杷，回到船里，分些给船娘，然后自吃。
>
> 在船里吃塘栖枇杷，是一件极快适的事。吃枇杷要剥皮，要出核，弄脏桌子弄脏手，吃好之后必须收拾桌子，洗净手，实在麻烦。有意思的是在船里吃枇杷就没有这种麻烦。靠在船窗口吃，皮和核可随口吐到河里，手弄脏了在河里洗洗干净，极为方便。

明朝中期散文大家震川先生，有文《项脊轩志》，最后一句话："庭有枇杷树，吾妻死之年所手植也，今已亭亭如盖矣。"读之忧伤，过多年而不忘。震川先生昆山人也。不知枇杷树仍在否。

小满 的 气息

油菜熟了，收割之后翻耕土地，就要准备栽种新一季的水稻了。从前，一年当中要种双季水稻，现只种单季，时间上就显得宽裕一些。水稻播种之前，都要"浸种"与"催芽"。翻开父亲的农事记事本，我看到那年 5 月 12 日浸谷子，14 日开始催芽，6 月 10 日插秧……这些农事工序，我在《下田：写给城市的稻米书》一书中有详细记述，写那本书的目的，是防备遗忘（防备自己遗忘，也防备更多的年轻人遗忘）——种子保温保湿地捂在缸中，两三天后，白白的嫩芽从种壳上爆出来；这时再把谷种播到旱秧地里去。再过几天，到了小满时，秧苗刚好已经冒出尖尖小芽，稀稀拉拉的，却极是活泼，一日一日，愈见浓密起来。

《月令七十二候集解》中说："四月中，小满者，物致于此小得盈满。"麦子都"盈满"了，青绿的麦穗随风摇曳，连绵起伏，但离成熟尚有些时日；桃子、李子都已挂满枝头，桃李不言，下自成蹊，这时候孩子们常常站在桃树李树下，仰面朝天，一双双清澈的眼睛都在仰望，讨论着果实什么时候可以吃。桃树李树旁的小径，偶有农人荷锄走过，他们是要到田里去，田里的农事一件接着一件，马上就要忙起来了。

江南有的地方，要在小满这天"祭三车"。

三车是水车、牛车、丝车。水车现在孩子们都不知道是什么东西，其实那是灌溉的重器，在《天工开物》《王祯农书》这样的书上都有记载。我小时，还见大人站在水车上，双脚交替费劲地踩动，把低处池塘里的水"车"到高处的稻田中来。传说水车的车神，是一条白龙。夏天快要到了，水车将要出动，并在整个旱季承担重要的工作，怎能不重视。于是，农夫会在水车前放上鱼、肉、香烛，祭拜一下车神，保佑此季风调水顺。

牛车，其实也是一种水利设施，现在早已消逝。偶尔去江南古镇的景点，或许还能看到聊供参观的牛车。那是用畜力代替人力提水灌溉呢。至于丝车，则是杭嘉湖地区养蚕人家多有的物件。小满之时，祭此三车，其实也是预示着，乡邻们要用这"三车"开始又一年繁重的农事劳动了。

小满之后，天气真是一天更比一天热了，坐在檐下，看草木欣盛，榴花摇曳，又闻到微风吹来果实的气息；三三两两的农人，戴着遮阳的竹笠，已荷锄下地去了。

我写过一篇《五月的桑葚》："五月底的桑葚与桃子、李子、杨梅、枇杷、杏子一起成熟。不同地方的桃子、李子、杨梅、枇杷、杏子，熟得有早有晚：桃花溪南边的先熟，大山垅的还没有熟；大山垅的熟了，黄村张的还没有熟；黄村张的熟了，三亩畈的还没有熟。于是，来自村庄四面八方的孩子，总是会在教室里交流他们一路采集到的果实。于是，孩子们对这个村庄四面八方的果树都了然于胸。"

我记得有一年的小满时节，我在苏州采桑葚。人手一个饭盒，大家钻进桑林，吃了个痛快。从桑林里钻出来，一个个嘴唇紫黑色，衣服上都是初夏的气息。

芒种

夏至

夏
目
又

夏至

芒
乙

芒种

禾
中
一

王
一

夏至

夏天开始变得炎热。

一候鹿角解；二候蝉始鸣；三候半夏生。

芒种

南方种稻与北方收麦之时，也称"忙种"，指耕种忙碌的节气。

一候螳螂生；二候䴗始鸣；三候反舌无声。

拾贰

大暑

这一时期是我国广大地区一年中最炎热的时期，但也有反常年份"大暑不热"；雨水偏多。

一候腐草为萤；二候土润溽暑；三候大雨时行。

拾壹

小暑

入暑，标志着我国大部分地区进入炎热季节。

一候温风至；二候蟋蟀居宇；三候鹰始鸷。

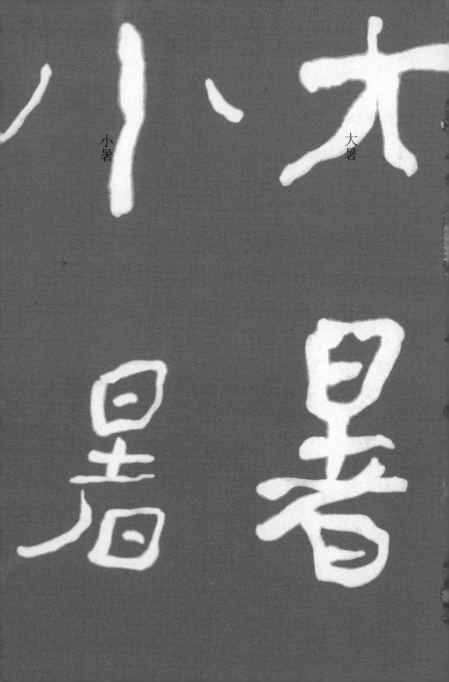

小暑

大暑

大暑

小暑

仪式
节气风物之美

中国人的时间哲学

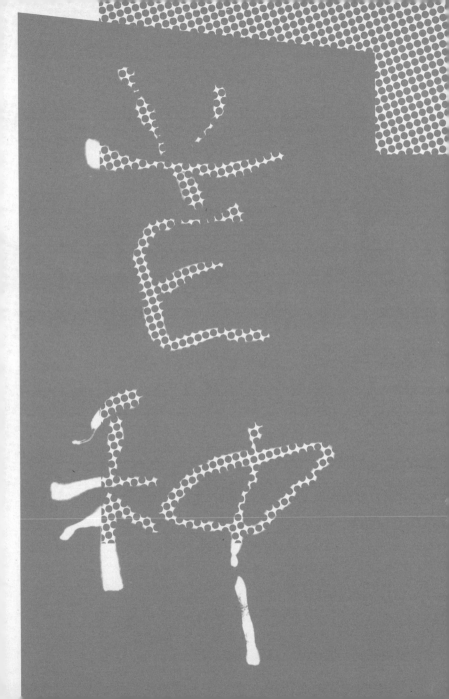

芒种

玖

约客

黄梅时节家家雨，青草池塘处处蛙。

有约不来过夜半，闲敲棋子落灯花。

——宋·赵师秀

时雨及芒种，四野皆插秧。

农人很忙

这是陆游的诗句。芒种到了，农人很忙——芒种的"芒"字，是指麦子等有芒的植物应该收获了，而"种"字，则是指水稻等作物应该在此时种下。这确实是一个挥汗如雨的节令，天气闷热，午后有雨；农人下田干活，一身衣物总要湿透。

芒种那天，我在田里插秧。这几年我很享受田间的事——插秧和收割比起来，不算是最辛苦的活计，只是俯身久了，腰身酸乏。小时候下田干活，时不时便要站直了身，休息一下。偷眼看看田里的父亲母亲，一直弯着腰身，一心一意地插秧，早已把我远远地抛下。

长大了，再来插秧，干不了一会儿，仍然觉得腰身酸乏。站直了身，擦一把汗，偷眼瞥见父亲母亲，他们一心一意地插秧，也早已把我远远地抛下。

什么时候，才能赶上他们呢？

也不赶了，我只是按我的节奏在慢慢地插秧。天光，倒影。鸟鸣，蜻蜓飞。一行一行青秧插到田间，就好像把一行一行文字写在纸上。我有一次曾说，写文与种田其实是一件事，都是用劳作把空白填满，一个字接着一个字，一棵秧挨着一棵秧，

劳作的成果显而易见。而这个时候，劳作者都要心无旁骛才好。

唐朝的布袋和尚写过一首偈语诗《插秧歌》："手把青秧插满田，低头便见水中天。六根清净方为道，退步原来是向前。"

这几句诗里，隐藏着插秧的技术要领。一是必须低头和弯腰。弯腰使得人呈现一种躬耕的低微之态，低头是把视野变小，把世界观变成脚下观。这个时候我们看见水，看见泥，看见水中有天，看见天上有云，看见水中有自己，也看见水中有蝌蚪。二是必须手把青秧。手把一只手机，使我们联通全世界；手把一株青秧，就使我们联通土地。此刻我们放弃了全世界，只为了脚下的土地。手执一株青秧，弯下腰身，伸出手去，以手指为前锋，携带着秧苗的根须，植入泥土之中。泥水微漾间，一种契约已经生效：你在泥间盖上了指纹，那株青秧将携带着你的指纹生长。

插秧的技术要领还包括一些似是而非的规定动作。比如尽量少移动双脚。双脚戳在泥中，并不是要把脚插在田里生长。如果一双脚在田间站满五个月，脚下会生根，头上会开花，并结出沉甸甸的粮食，麻雀将会光临，并在头发中间筑巢，或许会有小雀育出。这是稻草人的故事。我们不是稻草人，但仍然应该少走动。脚下少走动，使我们把精力集中在手上，插秧的效率将得以提高，而脚坑的减少也会减少使一株秧落入陷阱一般的空虚之中的可能性。

还比如说，插秧其实是一种倒退行为。倒退的时候你其实是看着眼前的田野被成绩所覆盖，于是得到鼓舞，得到信心，得到一种心灵的丰富与充盈。你只是在倒退，倒退，一抬头看见青秧又多了数十行、多了数百行。你距离最初植下的第一株秧又远了好多。它越来越渺小。这种欣喜有时是极为平静的。它更多的时候，代表的是你对自己的一种满意。

日本著名俳句诗人小林一茶（1763—1827年，江户时期），在他的作品里写到插秧歌：

中午小睡
稻农的歌声
让我感到羞耻

他写的场景是，在插秧的农忙时节，那些对农事劳作陌生的人，听到歌声，因为自己并未参加劳作，而感到不安与惭愧。"稻农的歌声"，指的就是农人们唱的插秧歌。他还有一首俳句同样是写插秧时节：

中午小睡
心有神灵
人们在稻田里

日本的稻作源自中国。在中国的土地上，流传着各种与稻田劳作相关的谚语与歌声。例如这一首《插秧歌》：

太阳发红东方亮，哥哥耖田妹插秧。
泥巴糊上哥哥脸，浑水打湿妹衣裳。
不怕累呀不怕脏，哥妹田中把歌唱。
哥唱四月秧苗嫩，妹唱八月稻穗黄。

每到插秧季节，在江苏扬州一带，田间地头、大喇叭里会播放《拔根芦柴花》《撒趟子撩在外》这样的插秧号子。号子充满热情，充满对土地的热爱，歌声悠扬、粗犷，男女比赛似的对唱，缓解劳动的艰辛。

《拔根芦柴花》的歌词是这样的：

叫呀我这么里呀来，我呀就的来了，
拔根的芦柴花花，清香那个玫瑰玉兰花儿开。
蝴蝶那个恋花啊牵姐那个看呀，鸳鸯那个戏水要郎猜。
小小的郎儿来哎，月下芙蓉牡丹花儿开……

田间的艰辛与美好，既热闹，也是寂静的。田野间有寂静。更多的时候，插秧的歌声在心里响起。劳动的人忍受着身体的疲累，很久很久以后，直起身来，发现眼前的田野已被绿色的青秧所覆盖。

野草莓

乡下这时节，对于孩子们来说是最有乐趣的了。虽然满山遍野的野竹笋，早过了可拔的时间，这会儿都疯了似的抽茎，已经乏善可陈；半个月前浩浩荡荡的橘花香，这会儿也无迹可寻，枝头的花瓣全谢了幕，变成了一粒粒微型的果实——但晚开的蔷薇花，却把整列的竹篱笆都攀满，一堆堆花瓣开得比杨二车娜姆鬓边的还要闹猛，气势恢宏，灿烂无比；相比之下，山边的野百合零星散落，静静悄悄，正擎着几支纯白或粉红的小喇叭浅吟低唱；林间莺鸟啼声更为清亮，老母鸡领着一大群雏儿，在茶树丛里钻进钻出，有象征性又潦草地啄一嘴又啄一嘴泥巴，唧唧咯咯但效果全无。

这些，当然不是最重要的，最重要的是，这时节野草莓都红了！

春天走的时候
每朵花都很奇妙
她们被水池挡住了去路
静静地变成了草莓……

这是顾城的一首诗。野草莓在我的家乡方言中，并不叫"野草莓"（这名字文绉绉又韵味全无），总称"泡儿"。但正

如乡下的姑娘们，虽然统称"蚂蚁"（我家乡的赣方言，"姑娘"与"蚂蚁"竟然是完全相同的发音），但每个姑娘都各有不同的名字，"泡儿"品种不同，也各有不同名字——那种长势低矮，果实圆润，采摘下来果蒂脱落中间空心的，叫"大水泡"；那种高高长在带刺的树上，一颗颗果实如宝塔状，中间实心的，叫"果公泡"，味道最鲜美了；还有一种贴地生长，果实猩红圆溜，生来一副邪恶模样的，叫"蛇泡"，人不能吃，只供蛇吃，偶尔上面还有蛇吐出的白色唾沫呢——想到它就让人不寒而栗。

果公泡，亦即鲁迅先生在《从百草园到三味书屋》写到的"覆盆子"，"如果不怕刺，还可以摘到覆盆子，像小珊瑚珠攒成的小球，又酸又甜，色味都比桑葚要好得远。"

这种野果味道之好，看来是人所共识，绝非现今大棚培养、施以催熟增甜药物的草莓之类可以比拟的。就连常年在瓦尔登湖隐居的梭罗，也毫不吝啬自己的赞美之辞："在我看来，树莓可以归于最朴实、最单纯也最宝贵的一类野果。"梭罗所说的树莓，也正是这种"果公泡"。

"大水泡"成熟时间稍早，五月初就有零星的红果实散在山坡上、溪流边和田埂上的绿叶间，鲜红且大，到了五月中旬，就大量成熟，六月时节还偶有所见；"果公泡"成熟时间稍晚，六月正好，你在山路上信步，转一个弯，满树的红果忽然闪现在眼前，真是让人无限惊喜。这种浆果跟"大水泡"比起来，红得不那么耀眼，个头也不那般大，但颗颗结实，果肉饱满，味道甜酸鲜美而醇正，回味悠长。可惜采摘之后隔日就不能保存，更无法上市销售，便只有居于乡野之人才有口福尝到了。

　　我自从离开故乡到城市谋食，久疏了乡野生活，四季变幻也只是在西湖边行走时才可以感知。至于采摘"泡儿"这样充满童趣的事以及"泡儿"的酸甜味道，也只在记忆中得以咀嚼。前不久回了一趟老家，正好赶上了季节，邻家小孩儿拉着我去到那向阳山坡采"泡儿"，一边采一边忙不迭地往嘴里扔，快乐极了。虽然后来还滑了一小跤，右手肘被"泡儿"枝上的小刺刮了几道血痕，但完全没影响那份生鲜的野趣。

　　梭罗说："信步走到这样一片树莓林前，看到树上结着淡红色的树莓果，不由得令人惊喜，但随之也感叹这一年又快过半了。"

仙居友人捎来信息，让我择空去吃杨梅。

仙居杨梅有名。粒大汁多，颜色艳红，令人遥想生津。过了夏至，友人初邀，端午将至，友人又邀，说再不来，杨梅都要落市了。杨梅在枝头无法久留，要吃须趁早。跟着时节吃东西，其实最有口福。这个时节，瓜果成熟，一样接着一样。

王象晋《群芳谱》中有《杨梅》一节："杨梅，会稽产者为天下冠。吴中杨梅，种类甚多。名大叶者，最早熟，味甚佳。次则卞山，本出苕溪，移植光福山中，尤胜。又次为青蒂、白蒂及大小松子。此外味皆不及。树若荔枝，叶细青，如龙眼及紫瑞香。"杨梅的确是时鲜的佳果。

杨梅熟时，采摘的人也多，掩于密林之中，只闻其声，不见其人。有一年初夏，插秧过后，与众友人一起去山中采杨梅。山中杨梅树大，大家爬上爬下，一个个攀在枝头，倒是把牙根吃得酸软，身上的衣服也染上斑斑点点的红色 —— 杨梅红 —— 这颜色很正，染在白衬衫上，还颇有一点艺术气。友人开玩笑说，这是真正的草木染，洗了可惜，倒不如就由它这样去了 —— 还挺好看，不是吗？

杨梅似乎在江浙山里都有，慈溪杨梅、

杨梅 红

仙居杨梅、余姚杨梅都很有名气；湖南、福建、云南等地，似乎也有杨梅。闽广荔枝，西凉葡萄，未若吴越杨梅。浙江的杨梅，种植面积和产量都居中国之首。浙江有四大杨梅品种：荸荠种杨梅、丁岙杨梅、东魁杨梅、晚稻杨梅。这里面，东魁杨梅最有名，我从网上也买过好几回。

荸荠种杨梅，果实成熟为紫黑色，形似荸荠，由此得名，产自余姚、慈溪，又叫炭梅、余姚杨梅，单果平均重 9.5 克，开摘期为每年的 6 月份。

丁岙杨梅，原产于温州瓯海区茶山镇丁岙村，这个品种的果实肉柱饱满，柔嫩鲜嫩，色泽紫黑发亮，果柄为绿色长柄，果柄基部有一红色圆球形突起，被誉为"红盘绿蒂"。

东魁杨梅，产自浙江仙居、文成，很有名，因为果实很大，像乒乓球一般，发源地就在台州市黄岩区江口街道东岙村，原名东岙大杨梅，1979 年由浙江农林大学定名为东魁杨梅，该品种属晚熟品种，7 月初开始成熟。

晚稻杨梅，产自舟山，属于皋泄杨梅的品种之一，皋泄杨梅有 7 个品种，晚稻杨梅、红杨梅、白实杨梅、荔枝杨梅、乌叶杨梅、水晶杨梅等，晚稻杨梅是皋泄杨梅的上乘品种。因为它的成熟期要比其他杨梅品种迟半个月到 20 天，所以被人称为晚稻杨梅。

吃个杨梅，原来还有这么丰富的学问，我们哪管那许多，见到杨梅，吃便是了。然而杨梅不耐储存。从前的人，要想吃个新鲜的杨梅，还非得在杨梅产地不可。如今物流业发达，冷链运输很普及，人在城市里，也随时能吃上新鲜的杨梅。

苏轼写过一首诗，《参寥惠杨梅》："新居未换一根椽，只有杨梅不直钱。莫共金家斗甘苦，参寥不是老婆禅。"那时的杨梅不贵，苏轼可以大啖。

李渔是大玩家，也是美食家，他老家在浙江兰溪，兰溪也出杨梅。譬如兰溪市北十余公里的石渠，山清水秀，盛产杨梅，"里山杨梅"乃是当地上品。

公元 1630 年，李渔家乡瘟疫横行，他也没能幸免，染病后卧床，呻吟不止。当时正是杨梅成熟的季节，李渔想吃杨梅，让夫人出去买些来吃。但大夫说了，杨梅性热，李渔吃不得。夫人知道李渔嗜吃杨梅，就编个瞎话说："杨梅还没上市，要等些日子呢。"刚巧，这时候李渔听到街上有卖杨梅的吆喝声，知道夫人在骗他，就生气责问。夫人只好以医生原话相告。李渔听了大怒："他碌碌之辈，哪里知道个中奥妙？我都是快要死的人了，让我吃颗杨梅，又有何不可！"夫人拗不过，只好买来杨梅给他吃。李渔吃了杨梅，不料几天后，身体居然松快许多，继而痊愈。经此，李渔认定杨梅是好东西，把杨梅列入自创的《笠翁本草》之首。

在《闲情偶寄》中，李渔说："本性酷好之物，可以当药。凡人一生，必有偏嗜偏好之一物，如文王之嗜菖蒲菹，曾皙之嗜羊枣，刘伶之嗜酒，卢仝之嗜茶，权长孺之嗜瓜，皆癖嗜也。癖之所在，性命与通，剧病得此，皆称良药。"喜欢一样事物深入骨髓，且牵涉性命的，乃可谓真爱，用时下流行的话说，"过命之交"。嗜杨梅如此，除李渔之外，吾所未闻也。

杭州西湖山里，有一处地方叫做杨梅岭，在翁家山东南，乃九溪十八涧源头之一。杨梅岭下有坞，旧称杨梅坞。杨梅坞里产杨梅，红白两种，杭州人把白的称作"圣僧梅"。据说宋代，此地有一姓金的老妪，栽种的杨梅味道特别甘美，远近闻名，被人誉为"金婆杨梅"。苏东坡诗里"莫共金家斗甘苦，参寥不是老婆禅"一句，指的正是此杨梅。如今的杨梅岭，早已见不到杨梅踪迹，唯有满山的龙井茶园，郁郁葱葱。

杨梅果实还有点酸，一时吃不了太多，就拿些来泡杨梅酒。若将杨梅配上冰糖雪梨，熬一锅酸梅汤，也是夏日解暑良物。

喝着酸梅汤，初夏的白衬衫上，似乎又染上点点杨梅红。

夏至

拾

夏至雨霁与陈履常暮行溪上二首（其一）

夕凉恰恰好溪行，暮色催人底急生。

半路蛙声迎步止，一荧松火隔篱明。

——宋·杨万里

东边日出
西边雨

夏至到西湖边散步。发现原先稀疏的荷叶，现已把水面撑满。细心一点，便能在碧绿的荷叶间，找到几朵挺立的荷花苞。断桥边的那片荷田，泼墨成绿，绿得喜人。

跟芒种相比，夏至景物变化已很大，满目的绿意葱茏，欣欣盛盛。似乎草木都拼着劲儿，把生命里的蓬勃都释放出来。

夏至这天，太阳直射地面的位置到达一年的最北端，是北半球一年中白昼最长的一天。古人也会把夏至叫做"长至"。《月令七十二候集解》说："夏，假也，至，极也，万物于此皆假大而至极也。"我国古代将夏至分为三候："一候鹿角解；二候蝉始鸣；三候半夏生。"

夏至是二十四节气中最早被确定的一个节气。

公元前7世纪，先人采用土圭测日影，就确定了夏至。每年的夏至，从6月21日（或22日）开始，至7月7日（或8日）结束。

一九二九，扇子不离手；三九二十七，吃茶如蜜汁；四九三十六，争向街头宿；五九四十五，树头秋叶舞；六九五十四，乘凉不入寺；七九六十三，入眠寻被单；八九七十二，被单添夹被；九九八十一，家家打炭墼。

这首歌谣，是《夏至九九歌》，记载在宋人周遵道的《豹隐纪谈》中。《夏至九九歌》共 81 天，经历夏至、小暑、大暑、立秋、处暑、白露 6 个节气。

夏至乡间，篱落上的朝颜开，木槿荣。乡野里的菜园子，大多是用竹篱笆或木篱笆来隔断，防鸡鸭和牛羊进入。把杉木砍了，一排排头朝下扎成篱笆，到春天竟倒长出绿枝来。我们乡间常用木槿来扎成篱笆，一排排的木槿细密地栽种下去，一年之后就成了绿篱。有的篱笆边上还种上牵牛花，文人的笔下，叫做"朝颜"。晚上，牵牛花开得很好，攀爬恣意，花开恣意，然而到了中午，不免都有些蔫蔫的样子。唯木槿花，是开得不落俗套，一朵一朵紫色的花骨朵擎在枝头。

阿绮波德·立德，一个在中国做生意的英国人的妻子，跟着丈夫在中国生活了 20 年，足迹遍及中国南方的通商口岸。她后来写了一本书，《穿蓝色长袍的国度》，立德夫人在书中这样记录——"今天我终于发现了这些农民种木槿的原因。他们去掉木槿花萼，剥开花苞，取出雄蕊做一种清凉解暑的饮料。"1898 年 8 月 19 日，一个闷热的夏日，她在日记里写道："厨子今天真的给我们做了木槿汤，味道相当不错。"

有一年，我在江西宜春，也吃到一碗木槿汤，花色鲜活，汤汁嫩滑，十分可口。想起来，那一次也正是夏至刚过，朋友相邀，我们去登了月亮山，晚上就在山下一家农庄里吃饭。这木槿汤，令人难忘。

夏至前后，正是江南梅雨季，空气潮湿，人也觉得闷闷的。有时也有雷雨，哗啦一阵雨过，天地为之一新，人也觉得清新了许多。刘禹锡写过一首诗，其中有句，"东边日出西边雨，道是无晴却有晴"。我想起中学毕业时的那个夏天，电视里正热播一部电视剧，片名就是《东边日出西边雨》，也正是在那部王志文、许晴主演的电视剧里，感受到了陶艺制作之美。这是那一年夏天的美好馈赠。

继续在湖边漫步，走着走到，就到孤山了。依我的看法，整座孤山就是一座园林，远山黛影，亭台楼阁，花影叠重，柳荫初浓。林和靖梅妻鹤子，此时的梅枝上已挂上一枚一枚青色的果实。再沿湖走一段，就到了白堤。此时的西湖，正是好时候，苏堤上的游人很多。由此，想起白居易的一首诗《和梦得夏至忆苏州呈卢宾客》：

忆在苏州日，常谙夏至筵。粽香筒竹嫩，炙脆子鹅鲜。水国多台榭，吴风尚管弦。每家皆有酒，无处不过船。交印君相次，褰帷我在前。此乡俱老矣，东望共依然。洛下麦秋月，江南梅雨天。齐云楼上事，已上十三年。

夏至与端午，每每相差不了几天。夏至前后，也正是端午吃粽子的时节。怪不得白居易在苏州夏至，把粽子写进了诗中。"粽香筒竹嫩"，并不是说吃粽子配竹笋汤的意思，其实，"粽子"就是竹筒饭，《荆楚岁时记》中也有记载，人们最早纪念屈原，就是用竹筒饭。在唐代的苏州，人们在端午吃的就是竹筒糯米饭了，糯米饭盛在新鲜砍下的竹筒中烤熟，甫一打开，一定是香喷喷的，带着竹子的清香。再配上烤得很嫩的鹅肉，来上两盅老酒或米酒，又有好友共饮，这样的日子，实在令人向往。

鞭笋毛豆很鲜。在西湖边茅家埠的农家乐吃饭，菜都点好了，透过窗子看到有人拎了几根笋来，立即眼睛一亮，冲出去叫停，把酸菜肚片换成了鞭笋。好在酸菜肚片还没有下锅。肚片什么时候不能吃呢，鞭笋才难得。

鞭笋

鞭笋是夏天的笋了，竹鞭头上的一截。山里人翻挖竹园，松土除草，便于冬季笋出得更好。这个过程中，就会收获少量珍贵鞭笋。鞭笋含水少，除杪上一小截子生嫩，大半截都显老一些，但是甘脆。一盘鞭笋毛豆端上来，绿的毛豆，白的鞭笋，口口甘鲜。吃过鞭笋，鲜笋基本就没有了。

要一直到冬天，天寒地冻，才有冬笋可以吃。

送笋的人开了一辆面包车，在六月末，阳光灿烂，他摇下车窗，饭店的老婆婆一路小跑着去接来，捧了三四根鞭笋，站在马路边。"啊，有笋！"我看见，就从里间冲了出去——大家都笑得很开心：送笋人、接笋人、截笋人。

鞭笋毛豆，人人抢筷。

想起扇子

天气热起来，就想起扇子了——我是有几柄扇子的。临安禾子，送我一幅扇面，有他自己写的一行字："劝君更尽一杯酒，与尔同销万古愁。"北京智吉，送我一件团扇，上面有他两个字，"见山"。喝酒是我喜欢的，见山也是我喜欢的。初夏时节，我在乡下住着，开门见山，开窗见田，不用上班下班一路奔波，日子仿佛也就松泛许多。所以，枇杷杨梅成熟的时节，我在乡野，也就可以做许多事：见山、下田、听鸟、喝酒、望天、吹风、看花、采茶、掘笋、捉鱼，兴之所至，都很闲适。

夏日乡间草木葳蕤，蚊虫甚多，一柄麦秆扇或蒲扇可驱蚊亦可驭风。在我小的时候，有了电风扇，有些老人依然只相信麦秆扇，他们说电扇吹出的风带着火气，会把脑壳扇疼。年轻人光着膀子坐在电扇前呼啦啦地吹，依然心烦气躁；老人们缓缓地摇一柄蒲扇，一脸气定神闲。

从前家里夏天必备扇子，多是麦秆扇，纯手工编成。村中隔河相望的地方，有位老人编麦秆扇技艺精湛，她常拿了剪成圆形的布面，请小学校的民办老师李先生写几个字，"花好月圆""花开富贵""花团锦簇"之类，缝在团扇的中心，竹制的扇柄扎实耐用——扇柄还有一用，你想不

到，但凡有小孩不听话，大人便恐吓道："等我拿扇柄来！"意思是说，她去寻了那麦秆扇，便要用扇柄打孩子了。

乡下人打孩子，多用农具或劳动工具，随着事态的升级，工具也相应升级：扇柄，扫帚柄，锄头柄。但乡下人打孩子，也是高高举起轻轻落下，倘真需要锄头柄侍候的，怕也是无可挽回了，锄头柄也徒叹奈何。但是，夏天打孩子，可真是简便——手上还摇着扇子呢，一下子想起来，这孩子该打一下，把扇子倒过来就行了。扇柄打在腿上，可真疼。

有了空调之后，又怎么样呢？——人是越来越怕热了，也越来越怕冷了。昨天我与朋友聊天，说到一个观点，人对工具的使用，以为只是单向的，其实工具反过来在改变人类。它们不仅改变人的思维习惯，也渐渐改变人的生理构造。譬如手机如此，汽车如此，空调亦是如此。

夏天到了，在乡下，宜读闲书，即无关紧要的书，手倦抛书午梦长的那一类。譬如翻开《枕草子》，也有纳凉之功。"七月，风吹得紧，雨势亦猛烈之日，大体称得上凉爽，连扇子也忘了用的时分；覆盖一袭微染汗香的薄衣昼眠，是挺饶风情的。"读这样古典的文字，就会想起麦秆扇的旧时光。

日本人的扇子文化既热闹，也悠久，日本的扇子是在奈良时代由中国传入的。我有一次到日本，就曾去拜访他们制作团扇的世家。其实他们跟我们的许多手艺人一样，维持生计也颇艰难。人同此心：由奢入俭难。习惯了空调的人，谁还能后退回去呢？虽然扇子在日本文化里的地位是如此显著，跟腰带、木屐、提袋一样是传统和服必不可少的部分了。《枕草子》里就经常写到扇子。

跟风铃一样，扇子也可以算是夏日最独特的风物吧。《枕草子》是我很喜欢的书，因为它的简淡与日常。一千年前的日常生活，琐碎的片断，缓慢而优雅。不知道为什么，我读着这样的文字，却想起江南的夏天来。也会想起，我们浙西乡野之间的日常。

记得有一回，我跟朋友一起，去乡间行走，听说一个叫金竺村的地方有做黑纸伞的。他们制伞用的纸，都是皮纸，也叫桃花纸，坚韧牢固。涂在皮纸上的漆，更为特别和讲究，一般是桐油和柿子漆。柿子在青的时候，摘下来捣烂，放到锅里煮，再盛出来放凉，静置一年发酵，那个透明的胶状物就是柿子漆。用桐油上漆，颜色会慢慢变黄，而柿子漆则不会变色。同行的朋友说，从前也有用这样的柿子漆来做黑纸扇的。乌黑发亮的黑纸扇，就像上过大漆一样，质感极好，用的时候也特别有范儿。

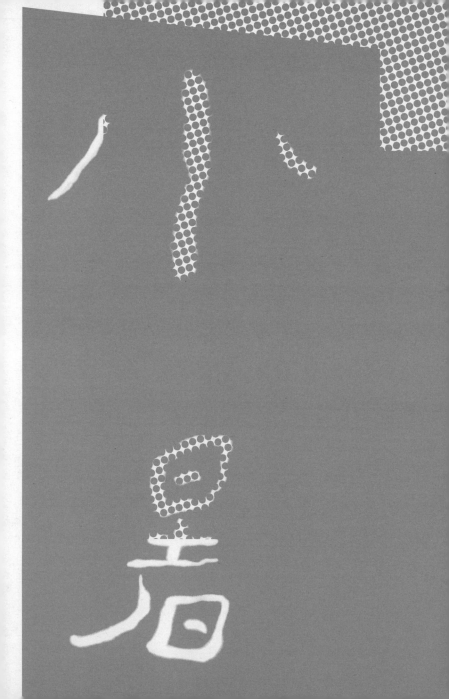

小暑

消暑

何以消烦暑，端坐一院中。
眼前无长物，窗下有清风。
散热由心静，凉生为室空。
此时身自保，难更与人同。

——唐·白居易

拾壹

大水过境

大水过境，泥沙俱下。两日一夜后，水稻从浑黄的水里冒出头来，一身泥巴，委屈而倔强。父亲手执木勺，冒雨下田，一勺一勺泼水，为稻洗濯。

大水经常过境，不是今年就是明年，不是明年或许后年。大水是桃花溪泛滥而来。桃花溪安静时只有一勺水，凶起来，却有半海之水。半海之水天上来。村口几家代销店，地势低洼，大水汹涌而至时，一层店面被淹，许多零食漂散。长鼻王或泡芙应该漂得最远。板凳和冰箱漂到门口，又被追了回去。

父亲的水稻田里，二十块专属稻田木牌只剩三块，分别是雪乔专属稻田、王小京专属稻田、可可一家专属稻田。父亲又找回一块：查杰慧专属稻田。六月中旬我们到田里插秧，大家见到了自己的水稻；现在木牌子却随波逐流去也。一块用了五年的木牌，"父亲的水稻田"，已有了岁月的包浆，这一次也漂去了远方，这些木牌子把我们对于土地的热爱，以一种浪漫的方式，播撒到了更广阔的地方。

我让父亲再准备一些木牌子，到时重新写上字，再插到田间。

水稻之名既有一个水字，也就不那么怕水。曾有一年，水淹七十二小时，水稻露头后大口呼吸，继续生长。水稻一生命

运多舛、磨难不少，没有哪一根水稻能随随便便谷粒满枝，大获成功。虫害稻瘟，或旱或涝，杂草欲争天下，蝗虫伺机而动，田野里危机四伏。平安地从春到秋，是田间最重要的事。

大水之后，水稻虽仍未完全恢复生气，但还是青绿喜人。暴雨又至，落到田间噼啪作响，稻叶趴在水面，依然承载圆滚滚的水珠。稻友说它是"稻坚强"，我说那是"稻倔强"。

南方多省洪灾，我们的损失算轻的。村里沿溪所建公用设施被摧毁不少，石阶石凳悉无踪影，村人扼腕叹息。我村集体经济实力薄弱，能做成一点事情殊为不易。多年来村子都有发展诉求，惜大家心有余而力不足。我有时到省内各地行走，尤其临安、萧山、桐庐、淳安、建德、德清等地，有的村子建设发展极好，也生羡慕之心。然而……天下的事情，都是说说容易做做难。

草盛豆苗稀。田边原先育秧的一小片旱地，前段时间种上了黄豆，豆苗短小，长势良好。看来大水对它也没有什么影响。想起陶渊明"种豆南山下，草盛豆苗稀"句，有人说陶某人不善农事，实乃误会他了。种豆之地，缘何要把杂草去除呢？草与豆共生共长，一点都不会相互妨碍。田埂上的黄豆，到了秋天，一株一株没在草中，也是果荚累累。

父亲在田间发现一个鸟窝。这鸟窝奇怪得很，架在三四兜稻禾之上。是白鹭的窝。白鹭把稻叶啄断，架上许多枯枝，横七竖八地叠起来，又在上面铺上一层稻叶，看起来甚是舒适。垒窝的稻叶还是碧青的，可知这窝新完工不久。父亲前两天发现时，窝中有两枚鸟卵。昨天傍晚我去看时，窝中已有四枚鸟卵。白鹭构筑生活的效率很高——七月一日大水才退，这三四天里，它已将日子经营得有声有色。

父亲发现，白鹭还在窝旁插了一根竹枝。不知道是不是记号。我们在那里看了一下，没有见到雌鸟，也没有雄鸟，便小心地没有去碰它们的窝，怕它们发现异样。这日子，虽还有风有雨，却也算得是静好的了，且不要打扰它们。

我在田埂上候了半天，见到几只白鹭在远处起起落落。也不知道是它们之中谁的窝。

白鹭多时也是多的。半文兄说应是牛背鹭，我以为这一类鹭鸟，一概可以白鹭称之——从前喜欢栖停在牛背上。现在牛都没有了，牛鸟图也就难以重现。白鹭起落，身影轻逸曼妙，在青黛色的层层山影和绿色的稻田里，鹭鸟的白色就很是好看。

有朋友问，我们的稻田里是不是也能养鱼。现在很多地方流行稻田养鱼或养鸭，或是鱼鸭兼养，形成一个稻鱼鸭共生系统。我就此专门咨询过水稻界的科学家。就种养效率来说，稻鱼鸭共生，远不如把一小块田圈出三份来，一份种稻，一份养鱼，一份养鸭，三者都会长得更好。其实哪怕是共生共养，也只是在某一个有限的时间段里，三者共生共养。即是说，稻田养鱼或养鸭，可能看起来比做起来更美好。至于我们这一片田，能不能养鱼呢？我想，也是可以的。大水过境之时，河水会带来许多小鱼小虾。我蹲在田埂上时，就发现田里已有小小的鱼群了，也有小泥鳅了。恐怕白鹭也是专为此而来。

现在我们有了一个"稻—蛙—鱼—鹭—风—雨—雷—电"共生系统。

钱先生写了四个大字，"种稻得道"，我和父亲一起把它挂上墙。

莼菜汤

北方朋友到南方来，要请他们吃喝，得选对地方。北方大山大水见多了，你得给他来一点小情小调。湖边小坐，杨柳依依，假山流水，这感觉就对了。酒当然要上。但上白酒就是误入歧途。你跟北方人喝白酒，我看你是不想亲自买单。必须是黄酒。宁波绍兴话叫做老酒——"吃两盅老酒"，这样一说，北方朋友就很开心。等到老酒上来，一尝，甜咪咪的跟饮料差不多，他就更加开心，对了，这才是江南的气质。但是，江南的气质就是微微笑着，让你不觉之间沉醉。

南方的菜，也跟北方真是不同。小碗小碟，眉清目秀，味道也以清淡见长。有的菜式，譬如杭州菜里的几样，若是不认真解释，北方朋友会以为厨师粗心，忘了放佐料。你比方说，龙井虾仁。这道菜，龙井茶的嫩芽，新鲜晶莹的虾仁，原料简简单单，虾仁与绿茶之外再无他物，可谓简到极致了。这道菜不仅没有浓重的味道，而且简直，像忘了放盐一样。它所有的鲜味与香味，虾仁的肉感与弹性，只在细嚼慢咽之后，才缓缓地释放在齿颊之间，甚至你要闭上眼睛才能更好地体会这无味之至味。

再比方说，西湖莼菜汤。莼菜就是马

蹄草，睡莲的一种，四五月到八九月间方有。这种水里的叶子，必须是刚刚长出来的一个小芽尖尖才好。次一点的，是卷起来的叶子，大约二三厘米。再次一点，是四五厘米大，舒张开来的铜钱小叶的。这种叶子，芽越小，越嫩，所携带的黏液或者说胶质越多。西湖莼菜汤，就是用那一叶小小的，卷起来的，睡莲的小芽芽，做了一碗黏黏滑滑的汤。

说起来，这东西没什么吃头。龙井虾仁，至少还有虾仁可以嚼。这一碗莼菜汤，透明见底，仿若无物，只有依稀用淡墨抹出的一叶叶小舟泛于湖上。这碧绿的莼菜，本身并没有什么特别味道，甚至一碗汤也是淡到无味，但是，且慢，你慢慢喝，细细品，看有什么味道？

对了，是诗意啊。这一碗莼菜汤盛满了中华文化源远流长的诗意。也就是说，你闭上眼睛吃莼菜汤，其实吃的不是莼菜，而是吃的文化。《诗经》里就有莼菜的影子了。"思乐泮水，薄采其茆"，茆就是莼菜。后来到了晋朝，有个人叫张翰，他在洛阳做官，秋天起风了，他就思念起南方故乡的莼菜汤和鲈鱼美了。这思念在心中千折百转，百折不挠，搞得他很难受，索性官都不做了，回家。就这样，他也为中华文化贡献了一个成语，"莼鲈之思"。

这样说来，哪里是一碗淡而无味的莼菜汤啊，这是一碗浸满乡愁的静夜思。

莼菜汤这个菜，非常典型地代表了江南菜式，尤其是杭帮菜的一个特点，即文人菜。文人菜，就是江南文人对理想生活的一种物化表现，它是风雅的媒介，是文人之间知音相求的一道桥梁。你品一道莼菜汤，就像面对一幅黄公望的《富春山居图》，能不能尝出其中的某些别样滋味，就看每个人的造化与领悟力了。

在西湖边吃过很多回莼菜汤之后，我就想去湖中找找莼菜。结果发现，这莼菜并不在西湖中。"西湖莼菜胜东吴，二月春波绿满湖。"杭州的莼菜，却多是从近郊的双浦镇铜鉴湖村出产。这儿的莼菜芽头粗壮，胶质厚腻，每年的产量都在数百吨。在 20 世纪 90 年代，双浦的莼菜种植面积一度超过两千亩，而如今面积已锐减到不足百亩。

莼菜那般诗意，采莼菜却是很辛劳。采莼菜使用的小舟，类似于狭长的独木舟，船身长两米左右，深不过三十厘米，上面支个油蓬用来遮阳，船上压两块水泥砖作压舱石，人就趴在这样的船头，双手探入水中，一叶一叶，小心翼翼地摘取那小小的、滑腻腻的、藏在水面之下的莼菜嫩芽。每一叶莼菜芽，都包裹着一团滑溜溜的胶质。

喝一碗莼菜汤，最好一滴也别剩下。

清苦
清苦
的 味道

1

上次去苏州玩，胥门老城墙门洞里有人担了苦瓜来卖。苦瓜小小的，短而肥，像一个手雷。艳丽之红。像苦瓜，又不像苦瓜。

是什么名字，我已经忘了。只知道当地人是作为一种水果来吃的。

后来问了一位植物学家，说是"金铃子"，有的地方叫"癞葡萄"。其实也是苦瓜的一种。

苦瓜我知道，故乡的菜园子里常常会种一些。苦瓜的藤在竹篱笆上攀爬，垂挂着一条条白色的苦瓜。我喜欢白色的苦瓜，颜色真好看。

看一本闲书，才知道温州人把这种苦瓜叫做"红娘"。

2

苦瓜是什么时候进入中国的？我翻了好几本饮食的古籍，都找不到线索 —— 本想顺藤摸瓜，藤却不知道藏在哪里。

后来动用了一位朋友提供的古籍检索系统，查到明朝徐光启的《农政全书》中有"锦荔枝"：

又名癞葡萄，人家园篱边，多种苗引藤蔓，延附草木。生茎长七八尺，茎有毛涩，叶似野葡萄叶，而花又多。叶间生细丝，蔓开五瓣，

花碗子花结实如鸡子大，尖稍纹皱，状似荔枝而大。生青熟黄，内有红瓤，味甜。

有学者考证，苦瓜并不是原产于中国，而是从东南亚热带地区，也有说是从非洲带回来的——明代以前，我国没有栽种苦瓜的记录。郑和下西洋，从海外带回来。郑和的翻译官费信撰写的《星槎胜览》中记载："苏门答剌国一等瓜，皮若荔枝，未剖时甚臭如烂蒜，剖开如囊，味如酥，香甜可口，疑此即苦瓜也。"

郑和下西洋，先后七回，估计有一回上了苏门答腊岛。岛上有苦瓜，他把种子带了回来。明朝中期，苦瓜在南方开始广泛栽种。

明嘉靖进士王世懋，有《瓜蔬疏》，提到"锦荔枝"，也即是苦瓜——

吾地有名锦荔枝者，外作五色蜂窠之状。内子如鳖虫人甚恶之，不知闽广人以为至宝。去实用其皮肉煮肉味，殊苦广人。亦谓凉多，子京师种摘而自供食，往在泉州见城中遍地植之，名曰苦瓜。形稍长于此种耳。

广东人善吃，还讲究养生。譬如凉茶，就是广东人日常喝的饮料。苦瓜与凉茶一样，也是消暑佳品。

3

苦瓜和尚石涛，一定很喜欢吃苦瓜。

石涛不仅爱吃苦瓜，还把苦瓜供奉案头朝拜。

苦瓜有此君子之德，受人称颂。因苦瓜虽苦，苦自己而不苦他人。若用苦瓜炒肉，肉是绝不苦的。

我读过《苦瓜大和尚百页罗汉图册》，画中三百余位罗汉神情高古，气象万千。

诗文也好，画作也好，我喜欢读古人的东西。古人的时光过得慢。种田种菊，吃茶吃苦瓜，他们都比现代人做得好。

"艺术是情感的表现，情感是不受进化法则支配的。不能说现代人的情感一定比古人优美，所以不能说现代人的艺术比古人进步。"这话是梁启超说的。

苦瓜和尚的画，到现在看，还有苦瓜味——这清苦清苦的味道，至今没有褪色。

4

青蛳的味道，也是清苦清苦的。

小暑过后，一场雷阵雨下得酣畅淋漓。再晴上几天，又叫人大汗淋漓。黄昏时候到桃花溪里去歇凉，顺便拾一把青蛳带回去。小暑过后的桃花溪清幽极了，夹山两岸，草木葱茏，鸟声也清幽。在水里泡一会儿，遍体清凉。

5

做青蛳最繁琐之处，在于剪螺蛳屁股。青蛳小小的，人俯身水面捡拾青蛳，倒不觉得枯燥。拾回家后，剪青蛳屁股却着实需要一些耐心。

如没有这道工序，青蛳肉将无法吸出，只能用牙签挑取，这是善食青蛳的人所不能接受的。

读《日本味道》一书，作者北大路鲁山人说到香鱼的吃法，极是讲究。他说："香鱼如果不是在水清、流急、河床比较宽的河中生育的，发育就不会完全，香气品味都不会太好。这就是决定香鱼好坏的大致条件。"

其实青蛳更是如此。

青蛳的生长，对于溪水的纯净度要求极高，至今只有浙西地区的开化、常山两县出青蛳。除此之外，我还没有吃过别的地方的青蛳。

吃青蛳，也讲究一个鲜味。青蛳本来就小，没有多少肉，但吸食的过程却极美妙，小小的肉连汤带汁，堪可回味。青蛳肚子里带着碧青色的肠子，也是可以吃的。

青蛳的鲜味里还带些清苦，也是山里人说夏天吃青蛳可清凉败火的原因。

青蛳也属于山里人夏天的河鲜吧。

山里人炒青蛳，一定要用到紫苏。紫苏去腥。

紫苏也可以用来渍黄瓜、渍嫩姜，这是夏天清凉过早粥的良物，也是很开胃的小菜。

6

苦瓜这时节，大大小小，已挂满藤蔓。白色的苦瓜挂在碧绿的叶间，很是漂亮。

苦瓜用一点黑咸菜炒起来，青蛳用一点紫苏炒起来，都是很可口的小菜，实在与小暑大暑的天气相宜。山里人都相信夏天吃点苦意的食物，是很好的。

按说还有一种苦的东西，苦丁茶，也是很苦的，却实在没有什么鲜味，只剩下苦了，也就没有什么可取之处。

在钟叔河编、湖南文艺出版社出的《周作人文类编·人与虫》中，知堂也谈到苦茶，说有朋友特意送他一包苦茶，"我感谢他的好意，可是这茶实在太苦，我终于没有能够多吃。"

苦丁茶，我好些年前喝过，可能多放了两根，泡开以后苦得哑舌。只放半根茶，也仍然是苦，实在不怎么好喝。苦瓜和青蛳，我却一直喜欢。

想来我还是喜欢有一些活泼之气的鲜苦与清苦。若只是一味的苦，这样的人生，未免太单调了些。

大暑

大暑

赤日几时过，清风无处寻。
经书聊枕籍，瓜李漫浮沉。
兰若静复静，茅茨深又深。
炎蒸乃如许，那更惜分阴。

——宋·曾几

拾贰

谈月

高濂有《夏时幽赏》十二条，我最喜"三生石谈月"：

中竺后山，鼎分三石，居然可坐，传为泽公三生遗迹。山僻景幽，云深境寂，松阴树色，蔽日张空，人罕游赏。炎天月夜，煮茗烹泉，与禅僧诗友，分席相对，觅句赓歌，谈禅说偈。满空孤月，露浥清辉，四野清风，树分凉影。岂俨人在冰壶，直欲谈空玉宇，寥寥岩壑，境是仙都最胜处矣。忽听山头鹤唳，溪上云生，便欲驾我仙去。俗抱尘心，萧然冰释，恐朝来去此，是即再生五浊欲界。（高濂《遵生八笺》）

与友人在中天竺吃饭，饭后爬山，穿过一片茶园，从茂林间往下走，居然在古树掩映和一堆乱石之间看见了"三生石"。在杭多年，中天竺也去过许多次，知道有三生石，却一直没有见过。这次碰到，也是有缘。

三生石的故事，出自唐人小说《甘泽谣·圆观》。故事说，唐代有一世家子李源，与僧人圆观交好，二人相约入川游蜀。圆观主张走陆路，李源坚持走水路。圆观无奈只好依从。行至三峡一地，见几个妇女负瓮汲水，圆观望而泣下："不愿行水路，

惟恐见之！"李源追问其故。圆观道，妇女中有孕妇者，是其托身之所，已孕三年而未娩，今见之，则命有所归矣。并告李源，更后十二年，己之再生，于中秋月夜，与其在杭州天竺寺相见。是夕，圆观亡，而孕妇产矣。三日后，李源去该家相认，褓褓果致一笑。十二年后，李源再次践约，赴杭州天竺寺，到得寺外，忽听一牧童唱歌：

三生石上旧精魂，赏月吟风莫要论。惭愧情人远相访，此身虽异性长存……

这个故事流传甚广，只是在不同的版本中，僧人的名字由"圆观"变成了"圆泽"。我与友人穿过的山坳，就是天竺法镜寺的后侧。

大暑，正是一年当中最热的时候，杭州城中尤甚。高濂列举了很多避暑的奇招；譬如喝"霹雳酒"——《醉乡》云：暑月大雷霆时，收雨水淘米酿酒，名霹雳酒；譬如"琢冰山"——每以三伏琢冰为山，置于宴席左右，酒醋各有寒色；再譬如"临水宴"——李少师与客饮宴，暑月临水，以荷为杯满酌，不尽则重饮，无日不大欢。

用荷叶为杯喝酒，这确实够雅致的。不过还有一种更雅致的饮酒之法，叫做"碧筒酒"——"袁绍与刘松，三伏时尽日饮酒，以避一时之暑。魏郑公暑饮，取大荷叶，以指甲去叶心，令与大柄通，屈茎轮菌如象鼻，传席间嗽之，名碧筒酒。"

碧绿的荷叶柄，像一根长长的吸管，这吸的哪里是酒，分明是盛夏的无尽绿意。心静自然凉，会玩的人，到底不一样。

夏天还是要到水边去，到山中去。水边，就是西湖。到湖心亭采莼菜、采野菱，就是一件清凉的事。高濂说："旧闻莼生越之湘湖，初夏思莼，每每往彼采食；今西湖三塔基旁，莼生既多且美。菱之小者，俗谓野菱，亦生基畔，夏日剖食，鲜甘异常，人少知其味者。余每采莼剥菱，作野人芹荐，此诚金波玉液，清津碧荻之味，岂与世之羔烹兔炙较椒馨哉？供以水薪，啜以松醪，咏《思莼》之诗，歌《采菱》之曲，更得呜呜牧笛数声，渔舟欸乃相答，使我狂态陡作，两腋风生。若彼饱膏腴者，应笑我辈寒淡。"

还可以在湖面上野营。西湖的压堤桥边，种了数亩莲花，夏日清芳，隐隐袭人。高濂就乘船去湖上夜宿，以避城中暑热。坐着小船喝酒观月，露影湿衣，欢对忘言。

杭州有湖有山，确实叫人流连不已，到了夏天，湖山更有消暑之功。清晨早起，在湖上采莲蓬剥来吃；或是走到山里去，野花幽鸟，山深境清。且抱古琴，向松荫石上坐，抚琴二三曲，即是画中人物。远听山村茅屋旁鸡鸣，伐木丁丁，樵歌相答；近闻野花隐隐生香，气息恬淡，轻风送拂，怎不叫人两腋风生耶。

想起唐人杜荀鹤《山中寄诗友》有句："琴临秋水弹明月，酒就东山酌白云。"这样的句子，宜写在水面上，写在松风里。

三生石那个地方，也是山林幽深之处，大暑之时，那里定然要比热浪袭人的城中凉快许多。高濂真会选地方。不过，虽说是谈月，而谈风、谈花、谈雪，也都是能使人快乐的事。三生石畔，可默读唐人修睦的诗句："圣迹谁会得，每到亦徘徊。一尚不可得，三从何处来。清宵寒露滴，白昼野云隈。应是表灵异，凡情安可猜。"

和两三位朋友饮酒夜归，几个人穿过小树林，发现路间飞舞着几只萤火虫。小小的绿色的光点飞啊飞，引得大家大呼小叫，兴奋不已。

是六月初，我带着城市里的朋友回老家种水稻。每年的暮春初夏，我都带他们来田间干农活。我们在田埂上坐着，谈天说笑，也在泥水间弯腰劳作，把青秧一株一株插进泥土。到了秋天，田地里一片金黄，他们又会回来，一起收割。

每一次田间劳作，都让人领会到自然与山野的美好。

即便是萤火虫一只两只飞过眼前，都令人惊讶。这细微的美好，我们还以为早已丢失，结果它们还在。而我们内心深处，居然还能被这种微不足道的美好打动，这也让自己感到意外。

还以为自己生锈了呢！

所以，那就经常到乡下来插秧呀。

我们就这样开着玩笑，一次又一次回到稻田。我想起来，在我少年时候，最害怕的，就是暑假干农活，无数繁重的农事压在大人们的肩上，孩子们也要帮着干些力所能及的事。六七月的暑热之中，必须咬牙坚持，挺过农忙时节。那时，大人就会嘱咐小孩：要好好念书呀！这样，以后

我让
萤火虫
去接你

就不用干农活了！

夜渐渐深了，大人与小孩带着一身疲累，沉入梦乡。

只有小小的萤火虫，提着小小的绿色的灯笼，那么飘逸，飞呀飞。一闪一闪，一闪一闪，一闪一闪，仿佛梦境。

买过一本书《故乡的微光》。光看书名，你猜不到这是一本关于萤火虫的书。

作者付新华，国内稀有的萤火虫研究专家之一，华中农业大学植物科技学院教授，也是中国首位"萤火虫"博士。自 2000 年起，付博士致力于萤火虫的考察与研究，发现和命名了雷氏萤、武汉萤、穹宇萤等多种萤火虫。这些年，他对萤火虫数量的锐减感到痛心，积极投身萤火虫保护事业，通过讲座、著书、摄影等形式，向公众传达科学赏萤、保护萤火虫栖息地的理念，还成立了国内唯一一家萤火虫环保组织"湖北省守望萤火虫研究中心"，被媒体称为"中国萤火虫研究和保护第一人"。

读这本书的时候，就仿佛回到了小时候，在夏夜家门口遇到浮游的萤火虫的情景。那一闪一闪微弱的光，就像是童年的记忆。想一想，你有多久没有再遇到它们了？

萤火虫在中国古籍里，待遇真高。在《钦定古今图书集成》中，时常能看到萤火虫飞散在各种古籍里的小小身影。其中"博物汇编·禽虫典"第一百七十一卷的"萤部汇考"，搜集了古人对于萤火虫的各种描述。埋头阅读诗词文赋，便仿佛沉入一个萤火虫的世界，闪闪烁烁，流光溢彩。

小小萤火虫有各种各样的别名：熠耀（《诗经》）、宵行（《诗经》）、萤火（《诗经·尔雅》）、即炤（《尔雅》）、丹鸟（《大戴礼记》）、耀夜（《古今注》）、景天（《古今注》）、丹良（《古今注》）、燐（《古今注》）、夜光（《古今注》）、宵烛（《古今注》）、挟火（《埤雅》）、据火（《埤雅》）、蛆萤（《尔雅翼》）、蠲（《本草纲目》）、水萤（《本草纲目》）。细品之下，那些名字都典雅极了，带着诗意，就像萤火虫提带微光，穿越时空，款款而来。

从魏晋南北朝时期开始，萤火虫就频频出现在诗人的笔下。南朝梁简文帝的《咏萤》诗云："本将秋草并，今与夕风轻。腾空类星陨，拂树若生花。屏疑神火照，帘似夜珠明。逢君拾光彩，不吝此生轻。"大概在古时候，光污染、空气污染都没有这么严重，生态环境也好很多，夏天的夜晚，萤火虫数量一定非常多吧。万千萤火虫明明灭灭，足以让夏天的夜晚万树生花，这萤火虫的光亮，可以把人带入一个浪漫主义的世界。

李白写萤火虫，独出机杼，一首五绝不见一个"萤"字："雨打灯难灭，风吹色更明。若飞天上去，定作月边星。"杜甫也有诗咏萤火虫："幸因腐草出，敢近太阳飞。未足临书卷，时能点客衣。随风隔幔小，带雨傍林微。十月清霜重，飘零何处归。"韦应物也有《玩萤火》："时节变衰草，物色近新秋。度月影才敛，绕竹光复流。"

写萤火虫的诗人，可谓车载斗量，不胜枚举。倘若像小时候一样，在夏夜天空下歇凉赏萤，还能打开手机一一吟诵古人的诗词，那又是多么愉快的事情。只是二三十年前的乡野人家，一册图书尚且不易找到，又没有如今普及的手机、电脑等工具，哪里能轻易得到这些珍贵的诗文歌赋。对于孩子们来说，无非是仰卧竹榻，遥望夜空出神，心与天地萤火星光一般空澈澄明，用一颗天真的心去感受自然万物罢了。

　　有时，村夫野老能讲一点传奇故事的，便已属难得，引得村庄中的孩子们都围着，听他讲讲"囊萤映雪"之类的典故，以及奇奇怪怪的故事。关于萤火虫的精怪故事也很多，这两天从古书上读到，颇有乐趣，随举两例。一是《拾遗记》里有说："萤火大如蜂，声如雀，八翅六足。"

　　一是《酉阳杂俎》里的一则笔记：

　　登封尝有士人客游十余年，归庄，庄在登封县。夜久，士人睡未著。忽有星火发于墙堵下，初为萤，稍稍芒起，大如弹丸，飞烛四隅，渐低，轮转来往。去士人面才尺余。细视光中，有一女子，贯钗，红衫碧裙，摇首摆尾，具体可爱。士人因张手掩获，烛之，乃鼠粪也，大如鸡栖子。破视，有虫首赤身青，杀之。

　　这样的故事，倘若在小时候听到，一定会在赏玩萤火虫之余，或者"囊萤映雪"这样老生常谈的典故之外，给孩子们增添一些惊心动魄的乐趣吧。

　　萤，一名挟火，越人谓入室则有客。（《直省志书·山阴县》）

　　萤火虫莫不是要提着灯笼去接客人？
　　你们都来吧，父亲的水稻田又要开始插秧了。
　　我让萤火虫去接你。

　　天气依然热。然而山野到底还是比城市凉爽许多。乍一回到乡间，立刻能感受到晨昏间的凉爽，这是城市中所无。此刻，水稻田里稻花绽放，蹲下身来细细观察，一枝一枝的稻花从颖壳里伸出，仿佛纤细透明的高脚杯，随风飘摇，甚是美丽。

　　稻花是在午间最热时开放，为了拍摄水稻的花，我便顶着烈日出门。在田埂上蹲下来拍摄半个多小时，衣服湿透。回到家后要洗澡，母亲说此时不宜立刻洗澡，先闲坐一会儿收收汗，待汗收了，再洗不迟。

　　坐了一会儿，母亲又从灶间端出一盆东西来，让我尝尝看，说正是解暑良物。打开盖子，发现清水中候着晶莹剔透的一块东西，仿佛是水晶糕，却并不是。这东西以前我没有见母亲做过。母亲说，这是木莲冻。我恍然大悟，以前在超市里见过一种木莲冻，像豆腐一样盒装，我并没有买过。家里怎么有木莲冻呢？母亲说，这是在河边采的果子，自家做的。

　　阴凉的桃花溪两畔，砌有高高的石埠，经年累月，石埠上爬满青色的藤蔓，这便是木莲的藤，也叫做薜荔。鲁迅先生在《从百草园到三味书屋》中，有一段文字写道，"何首乌藤和木莲藤缠络着，木莲有莲房一般的果实……"这里的木莲的果实，也

木莲　冻

就是薜荔果，一颗一颗绿色的，垂挂在叶间。周作人也写到过木莲："木莲藤缠绕上树，长得很高，结莲房般的果实，可以用井水揉搓，做成凉粉一类的东西，叫作木莲豆腐。"

木莲也是在夏季开花，花谢后，结出卵形的复花果。木莲果还有一个别名，"王不留行"。打开果实，里面有细小的种子，这种野果富含果胶，正好可以用来制作一种特别的清凉冷饮。这天清晨，母亲与邻家婶婶一起去采了木莲果。母亲说，这木莲果在溪头的老石桥底下颇多，攀爬在石壁上，却并没有几个人认识它。这一回，也是无意中听人说起，才去试着采来做做看。

木莲果采来，用清水洗净，再用刀破开，挖出中间的木莲籽，晒干装入一个干净的布袋，将袋口扎紧。听说，在从前没有冰箱的年代，一桶冰凉甘甜的井水，最适宜用来制作这种冷饮小吃了。如今有了冰箱，就用清洁的凉白开水替代井水——母亲把装了木莲籽的布袋，浸在水中不断揉搓挤压，搓出一种黏性的液体。去除泡沫后，将水净置，放入冰箱，几小时后，就能凝固成一种特别的果冻了。

我吃着冰冰凉凉的木莲冻，口感滑润，实在清凉，这就是山野之味。

母亲后来又做过几次。木莲冻里，有时会加入一点糖水或蜂蜜，撒几粒干桂花。一勺晶莹剔透的木莲冻入口，爽爽滑滑，冰凉清甜，哧溜一下就滑入喉咙，那清凉的味道直沁心田，别提有多愉快。

一碗木莲冻，看起来很简单，而这纯天然的消暑佳品，却唯有常在山野中闲居的人才有福消受。山野从来待人不薄，它提供云雾清风，也提供草木花朵。这碗盛夏的木莲冻，就像一首古老的歌谣，清清亮亮，质朴如斯，把人们带到草木与山野之间。

　　山野的果实有很多，平时不怎么注意，譬如八月炸，有一年我与父亲母亲一起进山去观瀑布，下山路上见到一条长藤，上面结满了一串一串的八月炸。当时就寻着了根，移植了一棵回来，然而不知道什么原因，藤是种活了，以后两年都没有见它结果。以后我也便经常惦记着那山里的八月炸，想着若是凑好了果实成熟的秋日时节，我也要进山去寻觅，好好品尝。

立秋

处暑

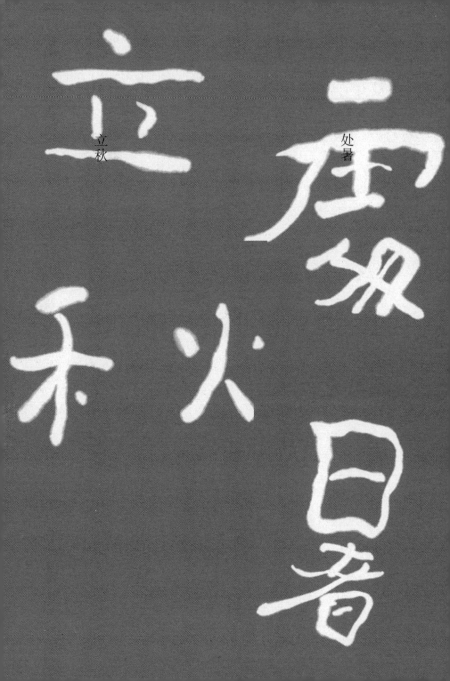

立秋

处暑

处暑

「处」为结束的意思，暑气即将结束，天气将变得凉爽。

一候鹰乃祭鸟；二候天地始肃；三候禾乃登。

立秋

草木开始结果，到了收获季节。

一候凉风至；二候白露生；三候寒蝉鸣。

秋分

昼夜平分，昼夜温差逐渐加大，气温逐日下降。

一候雷始收声；二候蛰虫坯户；三候水始涸。

白露

拾伍

各地气温下降很快，露气寒冷，将凝结也。

一候鸿雁来；二候玄鸟归；三候群鸟养羞。

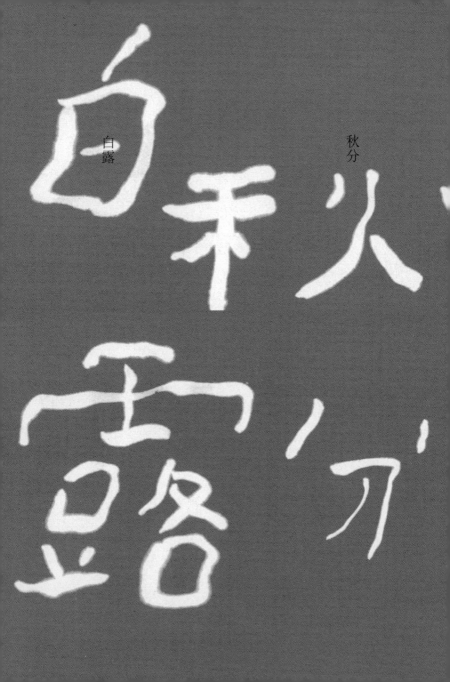

白露

秋分

秋分

中国人的时间哲学

仪式
节气风物之美

白露

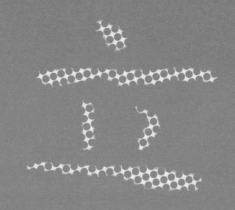

立秋

秋夕

银烛秋光冷画屏，
轻罗小扇扑流萤。
天阶夜色凉如水，
卧看牵牛织女星。

——唐·杜牧

拾
叁

秋 相 见

乡居生活自有值得羡慕的地方。日子是不紧不慢的，春天该播种的时节播种，夏天该浇灌的时候浇灌，到了秋天该收获的时候你就有收获。土地并不会亏待你太多，它有时甚至很慷慨。比如你在屋角随意扔下的辣椒苗、丝瓜秧、番薯藤，从来没人关注过，春天里几场大雨的滋润后，竟然落地生根，这会儿不知不觉地结出了红的辣椒、长的丝瓜。至于番薯，一锄头挖下去，泥里面居然藏了一窝圆滚滚的小番薯。那些当初被弃的秧苗，似乎憋足了劲要上演一出励志戏码。

现在是立秋，所有的结果得以一一呈现。关于生长这件事，过程当然是重要的，所有事物都在人们看不到的地方悄悄努力，于是有了现在的成熟。成熟并不代表结束。对于被农民采摘起来的丝瓜、黄瓜、辣椒们来说，或者对于丝瓜、黄瓜、辣椒们的种子来说，一切，都只是刚刚开始。

在刚刚过去的夏天，因为天气炎热，人们已然瘦了。立夏时称一称体重，立秋时称一称体重，就知道，是瘦了。大热天里食欲不佳，消耗过大，瘦是难免的。如今人们以瘦为美，瘦是巴不得的事，千方百计要瘦，这不过是近二十年的事情。早先，无不以胖为人生幸福的目标呢。

所以，瘦了，当然要弥补起来。弥补的办法，是到了立秋这天，贴膘。

贴膘，就是吃，首选是吃肉。

吃炖肉，吃红烧肉，吃鸡吃鸭吃鱼肉。

目的是一样的，就是要把瘦掉的肉吃回身上去。在北京，说起贴秋膘这件事，几乎就是指吃酱肘子。山东莱西地区，立秋是吃"渣"，就是一种用豆末和青菜做成的小豆腐，人们说，"吃了立秋的渣，大人孩子不呕也不拉"。

关于贴膘这件事，今天的人很少再刻意这样去做了吧。本来就想瘦下去，瘦是值得欢欣鼓舞的事，万万没有还要增肥一说。什么肉都没有吃，也想着要往健身房去跑一跑。

摸秋，也很有意思。

秋是何物，居然可以摸到？在江南水乡，摸秋活动，亦即从前乡间女孩的"成人仪式"。活动的程序是这样的——立秋之夜，全村的适龄女孩集中去一片西瓜田，黑灯瞎火中，每人摸取一个西瓜。依西瓜的大小、生熟，来推测她日后生养子女的情况。如果这女孩摸得个好瓜，被称作摸得了"满秋"，是好的预兆，预示着她日后多子多福；如果这女孩摸得个较差的瓜，被称作摸得了"瘪秋"，平白让大人对孩子的未来增添一些忧愁。

摸秋这样的活动，大抵游戏的成分要居多一些。然而，从前乡下的人，把后代的生殖繁衍任务看得非常要紧，尤其生育男孩，堪称一个家庭的头等大事，不仅为了延续香火，也为了增加劳动力、扛起一家的生计。所以，摸秋到底还是寄托了人们的美好心愿。女孩摸得"满秋"，父母自然高兴，女孩嫁入婆家也更受欢迎。于是，为了让村里的女孩们都有个满意的结果，都摸个"满秋"，瓜田主人会事先把较差的"瘪秋"瓜都淘汰了。如此这般，皆大欢喜，女孩的家长也会给予瓜园的主人一份小小谢仪。

摸秋活动是传统民俗，但在我的浙西家乡，我未曾听说过。现在回到老家，村庄里已经见不到几个年轻人，不管男的女的，大多往城市里去了。即便是有摸秋的习俗，又还有谁去摸秋，又有谁相信摸秋的结果呢？

虽说是"秋"，时节尚在公历的八月上半月，气温仍高。老人家说，"三伏不尽秋到来。"人在乡间，白天依然燠热难耐，到了早晚，似有凉风拂来。

《东京梦华录》记："立秋日，满街卖楸叶，妇女儿童辈，皆剪成花样戴之。是月，瓜果梨枣方盛。京师枣有数品，灵枣、牙枣、青州枣、亳州枣。鸡头上市，则梁门里李和家最盛。中贵戚里，取索供卖，内中泛索，金合络绎。士庶买之，一裹十文，用小新荷叶包，糁以麝香，红小索儿系之，卖者虽多，不及李和一色拣银皮子嫩者货之。"

楸，与"秋"谐音，所以立秋日戴这一种树叶子。《熙朝乐事》上也记："立秋之日，男女咸戴楸叶，以应时序，或以石楠红叶剪刻花瓣插鬓边。"

立秋，亦即"秋相见"。秋意也许是在第一阵凉风里传递给农人的，荷锄下田的农人立于田埂上，面对一丘稻谷，心中对土地充满感激之情。再过一个月，稻谷就要成熟，那是对农人辛苦劳作一年最好的回报。《陶朱公书》说，"稻田，立秋后，不添水，晒十余日，谓之阁稻。"这里说的"阁稻"，便是"搁田"的意思，搁一搁，就是不用放水了，等一等，稻就熟了。

等一等，一场秋收就迎面而来。

秋天是时间的成果，万物生长，到了此时，该是万物端出果实的时候。

唐人有诗云：山僧不解数甲子，一叶落知天下秋。立秋，宜于用来想一想"时间"这个问题。

时间是这样一种东西：当你从来不去关注它，或者你从不关心它，它也就不存在了——这是我从报纸上看到的，在南美洲的亚马逊丛林里，生活着一个名为"阿莫达瓦"的部落，那个部落的人没有时间概念，从来不分"过去"与"将来"。

那里的人，从来不说"时间""星期""月"或者"年"等词。他们只区分白天和黑夜、雨季和旱季。

我们每个人相互碰到，会说，"周末要到了"，"她正在过来的路上"，"我没有时间"，感觉时间是像河水一样流动着，有些时间还在上游，还没有来到；有些时间已经逝去，正在奔向远方。但是对于阿莫达瓦部落的人来说，他们可不这样想。

朴茨茅斯大学语言心理学教授克里斯·辛哈说："对阿莫达瓦部落来说，时间存在的方式不一样……对这些幸运的人而言，时间不是金钱，他们不需要跟时间赛跑来做事，没有人讨论下周或明年……你可以说，他们享受某种自由。"

我试着用他们的思维来比对我的生活，譬如，假设我不区分已经流逝的年份，也不记得过去的每一个节气，那么，我是不是也将获得自由？

若不再比较过去与现在，也不寄予过高的期望于未来，只过好当下每一天每一刻，是不是，万事万物都会有最好的结果？

浅渍

八月天气凉。还有些微的小雨。去田间路上，看见青枣都已成熟。稻田是浓墨重绿，有些心急的稻丛已经抽穗，大多数还是静静地孕育，大着肚子。只需五六天，这些大肚子的娘们就可以吐露所有的秘密：禾穗会抽出，开花，然后禾穗奋力灌浆。白色的米浆在烈日下浓缩。所以八月天气应该还是要热一热的：灌浆之后，稻谷将在烈日下成熟。如果一直阴凉，稻谷的成熟将不会那么酣畅。

此时辣椒已经成熟，门前一小畦辣椒地里，挂了很多红辣椒。摘了一簸箕，晾在风中。

自家的辣椒一点儿不辣，肉厚，并且还甘甜。这是自家留的品种，不是从市场上买的辣椒苗。自家品种，成熟之后，把辣椒的籽留下来，晒干，明年又播种，这样一年一年流传下来，辣椒还是那些辣椒，跟去年的辣椒模样儿像，就连脾性也像。这样，农人与辣椒知根知底，大家比较好相处。

那些从市场上买来的辣椒苗，就像半路上捡来的牛犊子，你不知道它会是什么样的脾气。有人嗜辣，满怀希望地种一畦辣椒，结果却一点儿不辣，那是十分令人沮丧的。有的人独爱辣椒的肉厚，红透时

的甘甜，譬如我，要是摘得一篮子暴烈如火的辣椒，那也真是束手无策，呆若木鸡。

……就把这晾干了的红辣椒切碎，又拍了几粒大蒜，剁成蒜蓉，在大盆里与盐、糖、酱油、豆豉等拌匀。浅渍三小时，有辣椒汁水浸出。继续渍。过半天，就很好吃了。

这是从小在夏天时爱吃的食物。我现在不怎么吃辣，觉得是吃辣功能减退，其实回到老家，才发现老家的辣椒依然好吃，也不怎么辣。故乡就是这样，一枚辣椒一棵树，一截子小路和一片矮山坡，都那么的令人感到舒服。这是时间培育的默契。我在夏天，就把那样渍过的辣椒拿来配饭和下粥。一碟子红辣椒，一碗雪白的粥，就再也用不着别的菜了。

这样短时间腌制的方法，杭州人叫做"暴腌"，暴是又猛又急的意思，很多人误会了，写成"抱腌"——日本人叫做"浅渍"，又叫"一夜渍"。

溪里抓来的鱼，用酱油微微地渍一下，晒干，炒起来特别香。但渍辣椒、渍黄瓜之类，我们家从来不上正席，只当作是一样开胃的小菜。要是有客人来，我们是不好意思端上桌的。

以前我们在家里自己做渍辣椒，一般不用什么东西压着，只是在冬天做腌冬菜的时候，拿一块大石头压着，压上十天半个月。冬菜吃完，那块大石头也因天天泡在菜汁里，变得青绿，我对着那块石头发愣，总觉得那块石头也很是入味了。

浅渍的名字好听。浅是一种程度，但它渍的其实是时间。如果叫成"短渍"就少了许多意味。"一夜渍"比较有故事——用来做一个短篇小说的名字是很好的：一个人出去，遇见了另一个人，有了一个晚上的故事，在很多都市人看来，这事儿清浅，没什么大不了的，实际上如浅渍一样，已经渍入内心。

莲子
的 光阴

　　立秋日，一边吃茶，一边剥莲子吃。茶是云南的茶。春天跟朋友一起去景迈山，看到有当地老婆婆在叫卖自己做的茶，以及自己采的蕈子。真正的茶人，是看不上这样的茶的，没有包装，也不上档次，无非是一大袋子散叶而已。我去观望，与老婆婆用相互听不懂的语言交流，咿咿呀呀，比比画画，兴高采烈却不明白对方的意思——语言有时候就是这样，无非是沟通的工具罢了，其意义倒在其次。比如听雨滴敲打在蕉叶上，微风吹过稻叶尖，虫子在屋外瓦隙间鸣唱，都是一种语言，无法翻译，却令人感到愉快。我与老婆婆便是这样，用超乎意义的语言交流；最后我便买了她的一袋蕈子，与一袋茶。我给钱，她找钱，各自又照例讲了许多好话，也照例没有一句话听懂，好在，各自都开心，且好在，各自都觉得大有收获。

　　收获自然是大的，回到浙江之后，我才觉出那茶叶的好。一位朋友喝了，也觉得好，以为是某种极名贵的茶。我笑而不语。茶过五泡，他一定要鉴赏鉴赏，我瞒不住了方才直言相告，他大笑，便又被他掳去散叶少许。然而这也是开心的事。蕈子做汤极好，尤其是在夏天，几瓣蕈子掰开来煮一大碗汤，丢几片冬瓜，搁一丁点儿瑶柱，

就绝不亚于一道山珍海味汤。

汤的做法，我是有发言权的，甚至在汤这个领域，我一直固执地坚守自己的审美标准。说起来，做菜，无非也是一种审美，跟艺术的标准，或随笔的标准，几无二致。我以前随笔写得不好，因为菜也做得普通，现在汤做得进步很多——夏天的汤当然是清淡一点的好，冬天则不妨浓烈一些，然我想说的却不是这个。一碗汤，九成须是汤，剩下一成才是料。颠倒过来，就不成样子了。在这一点上，公共食堂的汤桶倒是相符，浩浩荡荡的蛋花汤里，几乎捞不到一丝蛋花，也捞不起一缕紫菜。依我看，这就不得不归入寡淡了，而不是清淡。文章也是这样，好与坏，需要有鉴赏的舌头来完成，这却是与文章本身并没有多大的关系，反而建立在各自的品尝经验之上。能不能品出一碗汤的佳处，是寡淡还是清淡，是清鲜还是清澈，是丰富还是紊乱，滋味的解读，尽在可说与不可说之间。

茶的滋味呢，其实，也尽在可说与不可说之间。

莲子颜色可爱，剥开来食，有甘甜之味。一把莲子放在茶台上，吃七八枚，其他的就散落在那里，像一幅画。另一枝没有破开的莲蓬，也好看，就索性让它放在案头，用不了几天就会慢慢收敛、变黑，变成国画里的小品了。我这样一边喝着云南的散茶，一边剥食青碧的莲子，一时兴起，油然地口占一绝：

松下剥莲子，莲子有点苦。

倘若去掉心，那就没意思。

莲子是江南的风物。几天前我去菜场，看到摊子上的东西，就想到买几个莲蓬。菜场里的景致，一幕幕都与时节相关联，见到茭白、无花果、莲蓬、西瓜，还有禁渔期过后新上来的梭子蟹。于是买了梭子蟹、茭白、无花果与莲蓬。立秋时节，夏的炎热正在接近尾声，莲蓬是顺应光阴的果实。可以想到，原来亭亭玉立的满池荷花这会儿已然悄悄谢幕，盛大的秋天将要到来。

还是一边吃茶，一边剥莲子。普洱的散茶冲了几泡，再换绿茶，开始写文章。出版社的朋友小楼编辑留言说，日本人冈仓天心的《茶之书》重新装帧设计，已经印好，将给我寄一本来 —— 这是好事，虽然我对茶没有多少的研究，此书的导读序言却是我写的，惭愧惭愧，也算是吃茶的意外收获吧。

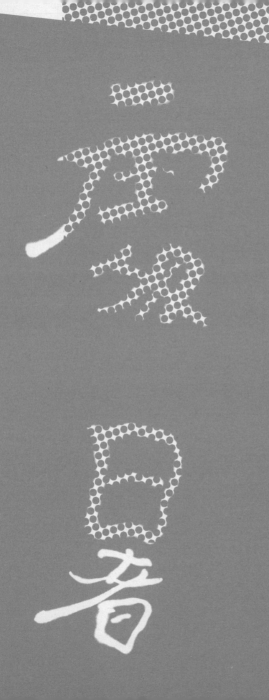

爱染日音

处暑

蕉阴图
176-179
黄昏，昆虫
的吟唱
180-182

拾肆

处暑后风雨

疾风驱急雨，残暑扫除空。
因识炎凉态，都来顷刻中。
纸窗嫌有隙，纨扇笑无功。
几读秋声赋，令人忆醉翁。

——宋·仇远

蕉阴图

《蕉阴午睡图》是"扬州八怪"之一的罗聘为老师金农作的画，画上几株巨大的芭蕉，绿荫如盖，金农裸着上身在椅子上睡着了。这幅画很有意思。盛夏炎炎之时，想起乡下蕉阴，的确有一股清凉扑身而来。我读此画，神游千里，就想起千岛湖建勇兄的山野之居了，因那里有无数的芭蕉。

建勇兄的山居叫"漫曲"，这名字是他自己起的。作为一"枚"专业设计师，本身就为很多家民宿酒店做过设计，终于有机会为自己营造一处栖息之处，自然更是用心。漫曲这个名字，仿佛是信手拈来，长路漫漫，终成一曲。

我开车去访建勇兄，也是在一个夏日。骄阳正盛。小山村叫桃源自然村。这就令人恍惚了，仿佛是去找一个现实中并不存在的地方。四野青青，时有碧水萦绕在侧。直到进入一座山谷，村民扛着锄头出现在田埂之上，这情景才又让人觉得踏实起来。

不知道建勇兄第一次到这里来是什么感受。三幢房子，东倒西歪，在半个世纪以前是乡村的供销社和邮电局。半个世纪以前，或者三十年以前，邮电局门口应该有等着拍电报和打长途电话的人，供销社前有排着队买大红花国民搪瓷脸盆的人。供销社和邮电局就在一条尘土飞扬的马路

边，这是一条砂石铺成的国道，国道边也总有眼巴巴等车的人。中巴车开过的时候，腾起的灰尘将路人笼罩。总之，这里曾经是很热闹的地方，既是一个小集镇，也是一个通往远方的站口。乡下的人们，走了很远的路，在供销社和邮电局门口会合，在这里聊起去城里打工的乡邻，聊起远方求学的孩子；或在这里歇下扁担做生意，把乡下的土豆辣椒卖给路过的居民；或者在路边摇手拦下一辆中巴车，然后随着摇摇晃晃的日头，车辆开往杭州或上海那样的大地方。

后来，这里就沉寂了，人都离开了，房子破败。很久很久以后，建勇这样的年轻人却从杭州或上海那样的大地方返回了。他们回到千岛湖的小村庄，站在这三幢东倒西歪、院子里长满比人还高的野草的地方。他们若有所思地点点头。

应该没有人能猜得到这里会变成这样，即便是供销社边上住着的年迈村民——沉寂落寞的村庄又活过来，东倒西歪的砖墙换成了简洁的现代建筑；只有黄鼠狼出没的野草地，全部清理一空，那里变成了院子，鲜花包围的空旷之地挖了一座游泳池。房子里重新被年轻人和欢笑声装满。那里有啤酒、壁炉、笑话和偶遇，甚至还有青春与理想。乡村的夜晚又重新活过来了。有人从岸上扑通一声钻入游泳池的碧水之中。

这是一个值得人们留意的话题，即乡村的生活方式，到底是什么在吸引城市人。是山水田野的疏朗与粗放吗？还是乡下日常生活节奏的缓慢与慵懒？是世外桃源一般的暂时逃离解脱，还是理想主义的执着追寻？

总之，现在这些去往乡野生活，或是凭借自己的技能与双手，重建一种生活可能性的年轻人，正在增多。乡村为他们的情怀与理想的落地，提供了一次实践的机会。很多时候，在城市里上班，开着自己的设计公司的建勇兄开着车回到这个小院，也许夜已深了，月上中天，但他很愿意在这样的乡野的夜晚静静坐一会儿。头上是星空，是清风明月，是蕉叶蝉鸣。这样的地方，每一个夜晚的睡眠质量都很高。

乡村原本是美的，但容易被时光和尘土遮蔽。建勇这样的设计师们去到乡间，就把乡村的美给擦亮了。有一些事物是美的，但需要有人提醒。蛙鸣是美的，月光也是美的；蕉阴是美的，露珠是美的，甚至无所事事也是美的。美需要提炼，需要注视。如果美不被注视，它将会隐退。

好在有更多的人回到乡村了，他们是擦亮美的人。然后他们带领更多的人来到乡村，把乡间之美指给人家看。我们深陷在皮沙发里，听建勇兄聊起这些年的故事，如今有更多的村庄在等待着他，似乎他是一个持有魔术技能的人。如果要说魔术，这魔术可能是艺术。建勇说，艺术介入乡村，艺术助力乡村的振兴，是这个魔术的核心。

漫曲有十二间房，名字皆取自古琴样式：伏羲、连珠、落霞、神农、师旷、仲尼……而在我看来，古琴与蕉阴最为相宜，蕉下弹琴是很多古人都干过的事。当然了，这个地方种植了几十株芭蕉，一直从马路边到院子，再到回廊和泳池边。这感觉有点奇妙，似乎有了芭蕉，就有了山水的空灵，有了古琴的幽远，有了蝉噪林逾静、鸟鸣山更幽的意境。

芭蕉这个事物，就如乡野里的其他寻常事物一样，美还是不美，颇考验人的心意。譬如清人蒋坦在《秋灯琐忆》里记道，某段时间心绪不佳，听到雨打芭蕉之声，颇觉烦闷，遂在蕉叶上题写，"是谁多事种芭蕉，早也潇潇，晚也潇潇。"没想到次日，其妻在蕉叶上又续题两行字："是君心绪太无聊，种了芭蕉，又怨芭蕉。"

　　画《蕉阴午睡图》的罗聘，真是个有趣的人。他最有趣的一点，是跟别的画家都不同，他擅画鬼，且以此著称。这样一个人，跟蒲松龄应该很有共同语言。罗聘的师父金冬心是杭州人，生性淡泊，喜欢学生这幅图，遂在画上题曰："先生瞌睡，睡着何妨。长安卿相，不来此乡。绿天如幕，举体清凉。世间同梦，惟有蒙庄。"因此，关于美这件事，宜静静地感受，或者睡着了去感受，然后再把露珠与芭蕉的美着重指出；也希望有更多的人，跟建勇兄一样，能回到乡野之间，且跟从前的冬心先生一样，在蕉阴下睡一个长长的美好的午觉。

黄昏，昆虫的吟唱

如果要准确地向你描述那个黄昏，那会很困难。

很多时候美是寂静的。它难以被传达，也难以被描述。它是一个人所有的感官都被打开时的整体感受，它本身有颜色、质感、气息、味道、声音、方位甚至压力、频率，并且它包含了记忆、想象、幻觉、情绪的参与，以及其他各种各样的生命在同一刻加入，使得那一刻成为极其隐秘的私人体验。

那是 8 月 23 日的黄昏。

如果一定要加上定语的话，我可以说：那是水稻田边的、一个金色的黄昏。

那一天是处暑。我在中午拍摄了美丽的稻花。然后我在那个下午美美地睡了一觉。女儿和妻子去山边小溪里拾青蛳。在家里坐到太阳西斜的时候，我又带上相机去田边转一转。这时我发现稻田的景色呈现出一种令人沉醉的氛围。不过，如果非要描述那个氛围的话，这段话将会繁冗得令你读不下去。所以我尽量挑紧要的说一说。

例如这样——

一万枚珍珠在稻叶尖上闪亮

这样一句话，以修辞学的角度来看，是夸张。实际上我一点也不夸张，只会缩小。因为稻叶尖上远远不止一万枚珍珠。它们细小、闪亮又骄傲地挂在叶尖上，圆滚滚的。好像就在一眨眼，它们就冒出来了。我甚至来不及看清它们是怎么爬上叶尖的。水稻的叶片挺立着，非常陡峭，而露珠们在太阳落山之前呼啦一下就冒了出来。

我轻轻地走动，轻轻地按快门，生怕把露水惊落下来。

再例如这样——

二十种昆虫在低声吟唱

这样一句话，看起来也像是一种比喻。因为昆虫不会吟唱，它们只会发出声音——发出一种比音乐更动听的声音。象声词一定是不够用的。哪怕再多十倍的象声词，我也仍然没有办法把那些声音写在这里。当然我用手机上的录音程序录了一小段，但是至少有十六种声音在重放时消失了。

又例如这样——

每一种昆虫都以最舒服的姿态出现

显然这句话是有毛病的。我不是昆虫，我怎么知道那些昆虫是不是舒服。它们有的趴在曲线婀娜的叶尖上。有的吊在细若游丝的网上。有的正拥抱着一枝叶片，含情脉脉，相看两不厌。有的把自己伪装成植物的颜色，冷眼旁观，或掩耳盗铃。还有的，嗯，看起来很无聊，我真的不知道它在干什么。

还有一大群鸟在天空飞来飞去。两只鸟站在电线上一动不动。不过，不管是鸟还是昆虫，我都相信它们是很放松的。它们呈现了各自生命中最舒展和自然的一种状态。它们都很慢。看起来没有战争，也没有杀戮。敌人与猎物相安无事。至少表面上看来是这样。

于是，这才有了这么一个宁静的黄昏。

太阳渐渐地落山。田野暗下来。青黛色的炊烟在村庄里飘起。

细小的稻花悄悄地闭合。

稻叶尖上的露珠愈发地硕大了。

它们颤颤巍巍，摇摇欲坠。但就是不坠。

女儿早已从小溪边回来，她站在田边唤我，说奶奶已把饭烧熟，快回家吃饭。

于是我收了工具。在田埂上走过，及膝高的草叶上的露水纷纷尖叫着扑到我的裤腿上。沿途都是虫声。我牵起女儿的手慢慢走回家。

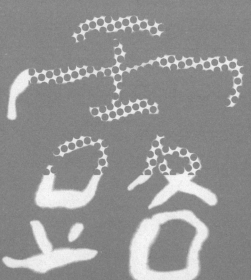

白露

拾伍

月夜忆舍弟

戍鼓断人行，边秋一雁声。

露从今夜白，月是故乡明。

有弟皆分散，无家问死生。

寄书长不达，况乃未休兵。

——唐·杜甫

夜凉如水

黄昏，在田野中间行走，不知不觉半条裤腿就被打湿了。

湿了裤腿的，是露水。清纯之物。《月令七十二候集解》中说："八月节……阴气渐重，露凝而白也。"为什么会有露水？九月，气温渐渐下降，太阳一落山，山野于是更清凉一些，日间自然万物蒸腾在空中的那些水汽，靠近植物草叶，就凝成了露珠。

这样的露珠，悄无声息地挂在草叶尖上。水汽凝集，露水也逐渐变得大粒，圆圆滚滚，摇摇欲坠，然就是不坠。

可能就这样挂了一夜。晨起时，那些大粒的露水仍然在草叶尖上挂着。微风稍稍的一吹，鸟雀婉转的一啼，或就把那些露水惊落了，露水落地时轰然有声。

太阳出来，那些尚未滴落的露珠，也悄悄变小，悄悄变无，重新化为空中的水汽了。

秋天就是这样来临。白天气温仍高，然夜晚就有了些许凉意，如水一般轻轻漫起，覆盖村庄，笼罩四野。夜是幽蓝之色，微凉的秋天也是幽蓝之色。

稻田里的庄稼正在收敛，转黄，静默，低垂，逐渐沉稳有加。又一个收获季即将到来。

城市中，难得见到露水。

下午三点的阳光，从西湖边的花架上

斑驳地洒落下来，还是颇有些暑气。我在断桥站下了公交车，沿着北山路一直往前走。说也奇怪，到了树木成荫的北山路，仿佛暑气就已悉数消去。

到底是白露了。只还有一些若有若无的寒蝉鸣叫。

蝉呢，虽然说多达十几年的地下蛰伏，只为了能享受光明的三个月，但它的叫声实在是有些扰人的。盛夏时候，我总是会无端地想，那密不透风的蝉鸣，定然是给本来就酷热的天气火上浇油；酷暑之中，若是没有恼人的蝉鸣，世界一定会清凉好几摄氏度吧？

到了这个时节，蝉声倒是稀疏了许多，合唱团解散，成员各自纷飞，依然坚守枝头执拗鸣唱的少数分子于是成了独唱团，倒是有一分可爱的傻气了。

再接下去，气温渐渐变冷，这些孤独的寒蝉，怕也将会从季节的深处消失。蝉到了白露这个时节，光阴无多，便何妨让它兀自地吟唱呢。

寒蝉，倒是一个很有诗意的名词（在古诗里常常出现）。寒蝉的声音，和秋天的意象一样，都有些离别的小小感伤。

于是，我就在这蝉声里，走到了新新饭店附近的湖边，或许是因为脚步还不算慢，身上已经沁出了细汗。于是我找了一把椅子，无所事事地坐下来。眼前的湖面上微风轻漾，把一湖水都吹皱了，如细碎的鱼鳞。我在这边隔水望孤山，整座孤山的基调色便是深绿，只有两处较显眼的黄绿色。湖中远处的白天鹅，正悠然戏水，至于有多少只，则难以数清。

北山路的梧桐，在这时节，也有一些黄色的落叶，晃晃悠悠地飘落到水面。当然，这样的落叶还是少数，树梢上还是绿叶的华盖如云。

麻雀是一点儿也不怕人。人坐在长椅上，三四只七八只麻雀会飞落脚边，仿佛以为谁在给它们喂食似的。这些麻雀，在地面上只会双腿并跳，在地面啄食一些草粒，见实在没有什么食物，它们便扑扇着翅膀，飞入荷花丛中去了。

荷花此时已是——枯蓬举。莲蓬年华已老，仍固执地高擎着这孕育了一夏的果实。荷叶还是绿色，莲蓬已然转黑，普遍高出荷叶一截来，而一些后知后觉的荷花，还在开着。最盛的花期已过，便少了一分闹猛，这少数的几朵花的开放，却添了一分自己的悠闲，像那些从来不与人争功的君子，活着自个儿的精彩。

在椅子上坐下 来，微风很快带走身上的细汗。下午五点，太阳便收进了西边的云层，只把云层涂抹出一层薄薄的红色。

白露。花花草草的叶子和花瓣上，将有露水凝结。露水的出现，标志夏天过去，秋天到来。此刻天高云淡风轻扬，长长的柳枝飘摇，年轻人骑着自行车像风一样掠过白堤。

往山里去，便又是另一番忙碌的景象。

白露到，竹竿摇，满地金，扁担挑。临安，出山核桃的地方。山核桃是在白露这一天开竿采摘。

这是山村里的一件大事。山核桃林里，清晨天仍蒙蒙亮时，村民就扛起竹竿，拎着麻袋与竹筐，向着山头上的山核桃林里去了，人便隐入了那山岚之中。

一旁是深山峭壁，一旁是陡峭的山核桃林。沿着弯曲的野猫小道进入林子深处。空山不见人，但闻人语响。此时，远远近近的说话声，像散落在植物间的露珠一样清澈、脆亮。紧接着，村民们就上树了。他们摇摇晃晃地站在枝头，用一枝长长的、长长的竹竿，伸到遥远的枝头，一下一下敲击那些同样摇晃的果实。

打山核桃是一件技术活。要用巧劲。要一下一下地击打。胡乱使力与蛮干是不行的，胡乱打击会使得树枝头一片狼藉，打坏枝芽，影响第二年的核桃树生长，还会造成自己的身体失衡，一不小心，就会落下树来。

每年，都会听说有人在打山核桃时摔下来。摔下来，不死，亦伤。

许多人在打山核桃时，整座山都能听见"噼噼啪啪"的声音，那是竹竿敲打在山核桃枝上；而后又有一阵"窸窸窣窣"的声音，则又是山核桃果落下，击在树叶，击在树枝，落到地上，又顺着陡坡滚落下来的声音。

白露之后，这十天半个月，人们都在山上，都在树上，都在秋天里敲落果实，然后挑着一筐一筐的收获行走在弯弯曲曲的小道上。

天渐晚也。小道上的草叶已经渐渐地挂上了露珠。挑着沉沉的担子走过，不用触碰到那些草叶和露珠，只要裤腿带起的风，只要脚步沉沉的声音，就足以把附近的露水全都震落。

福州有个传统，叫做"白露必吃龙眼"。大概的意思是说，在白露这一天吃龙眼，有大补身体的奇效。在这一天吃一颗龙眼，相当于吃一只鸡那么补。这当然是很有些夸张了。但是白露之后，天凉下来，许多果实都会变得更甜。到了白露，板栗该收，秋梨好吃，地里的番薯也可以挖掘。然后板栗、秋梨、番薯若是过了白露不收，一直到霜降以后才收，就会更加富有糖分，变得更为甘甜。

浙江温州的苍南、平阳等地，人们有过白露节的习俗。于此日采集"十样白"（也有"三样白"的说法），以煨乌骨白毛鸡（或鸭子），据说食后可滋补身体，去风湿性关节炎。这"十样白"，乃是十种带"白"字的草药，如白木槿、白毛苦等等，以与"白露"字面上相应。这也是很有趣的。端午时吃"五黄"，黄鱼、黄瓜、黄鳝、黄酒、咸蛋黄，到了白露，就要吃"白"。似乎中国人的时令习俗，大多是跟吃东西有关。

清明，亦是关于吃的很重要节点。明前刀鱼，明前茶，都贵得吓人。清明之后，刀鱼价格一落千丈，茶叶的价格也是如此。到了谷雨，刀鱼就贱得很了，茶叶也几乎不再有人故意去提采摘的时间。只说，这是刀鱼，这是茶叶。仿佛从来都是如此。

茶叶除了明前、雨前比较好，老南京人也十分青睐"白露茶"。据说此时的茶树，经过夏的酷热，白露前后正是生长的极好时期。白露茶，不似春茶那样鲜嫩，也不似夏茶那样干涩味苦，而是有一种独特甘醇清香味，尤受老茶客喜爱。这就是"秋茶"。在我老家，爱茶之人亦是如此热爱秋茶。秋茶之汤，清碧纯朴，在傍晚时候露水渐起之时，丝瓜架下品一盏秋茶，好像真的能品出一丝悠远，一丝绵长之味来。

这样的时候，还宜听一支歌。周云蓬唱——"目击众神死亡的草原上野花一片，远在远方的风比远方更远，我的琴声呜咽，泪水全无，我把这远方的远归还草原。一个叫木头，一个叫马尾。我的琴声呜咽，泪水全无……"

这首歌，是《九月》，海子的一首诗。

许巍唱过一首歌也叫《九月》，但是跟周云蓬唱的这首比起来，就轻飘了许多。周云蓬的吟唱苍凉而悠远，是白露浓重的草原，亦是辽阔苍凉的，时光的远方。

下午接到县里文化部门的电话，说想到田里拍片子。

父亲说不巧，刚收割完。下午收割机经过村子，就割了，等不及。

今年因为家里建筑"稻之谷"，就没有组织稻友的集体收割活动。而我在外奔忙。上周和《钱江晚报》的孙雯一道，在田埂上流连半天，已是一片丰收景象。

现在，新米可期。

为了晒谷，父亲把我车上的帐篷要去，说要夜里陪着稻谷晒月光。

稻友说：校长同志辛苦了。又问，为什么要晒月光？

我说，据说晒过月光的稻谷不仅有米香，还有月香。

前几天，贵州朋友月明发来一张照片，她在乡下帮贫困户收稻谷。图片上，农人用的农具叫"户兜"——举起稻穗重重击打"户兜"，使谷粒脱落。

这种纯手动操作，已经多年未见。

前年，我们在"父亲的水稻田"兰溪新宅的基地见过一次——基本上属于农事娱乐体验——搬出了古老的农具，大家脱了衣服光了膀子哎嘿呀嘿击打稻把，不亦乐乎。

然真正这样从事收割，江浙几已绝迹。

晒 月 光

日本人这个时节也在收稻子。他们收割后的稻把，用木头架子晾起来，层层叠叠，晒干以后再击打脱粒。九月初，我们去新潟，也下田收割，种稻的田中仁先生开着一辆小型收割机过来。收割精准且高效，这也是新型的收割之法了，令我艳羡。

中国五联村，面临同样的问题：青壮年劳力缺乏。大家奔向城市，务农者减少。从前收割稻子，还有邻人相帮。今天我帮你，明天你帮我。现在找个帮手都困难了。手工收割，困难。

收割机也并不多。

收割机太贵了——日本见的那台要30万元人民币；中国的国产牌子卖多少钱，我估计，至少大几万吧。靠种几亩水稻，谁会想到买一台收割机呢？

我早两年就和父亲开玩笑，要不，我们也买一台？我们把耕田机、插秧机、收割机都备齐了，那就是新型种田人了。

父亲大摇其头。

我明白他的意思。

父亲如果今年30岁，父亲如果想种100亩水稻——说不定他会那样做。现在，算了。

收割机来了，哗啦哗啦，很快把水稻割完。我打电话给父亲的时候，父亲说，已经割完了。

收割机是路过村庄的。今天路过了，下次就不知道什么时候会来。收割机路过村庄，缺乏劳动力的农人，就把稻田都交给机器收割完了。

今年我们家里还在造房子。晒谷坪坑坑洼洼，堆满砖头与钢筋。到哪里去晒谷呢？父亲找了一块水泥地，就在大片田野中间。

稻谷要晒干，大太阳，至少四天。阴雨，就更麻烦，收进，摊出，收进，摊出。天天折腾。我求老天多晴几天。

如果连晴几天，夜里就可以不收了。

但父亲还是不放心：这是大家春天就预订了的米，而且是那么稀罕的品种，万一被人偷了，怎么办。

父亲向我要帐篷，他要守在田间，守着稻谷晒月光。

十五月儿十六圆，今晚更比昨晚圆。

月光如水，晒着村庄，晒着田野，晒着稻谷和父亲的帐篷。

四野一定有秋虫鸣唱。如潮，一波一波，一波一波。

好睡喽。

山核桃

与友人一道去山中闲逛，到得一个大峡谷，人家隐没在深峻的高山之中。

村名也有意思，叫做"相见"——正是因为相见不易，才这样取名吧——每一次相见，都是值得纪念的事。我们现在的人，日日相见，而不珍惜，被那些平凡琐碎淹没了。

相见村里有许多山核桃。我们去的时候，采摘期刚过，一堆一堆，果蒲空置在场圃里。带蒲的山核桃是青黄之色。

我们见惯了硬壳的山核桃，便误以为那便是它最初的样子。其实它还有蒲。就像油茶果和板栗一样，外面尚有一层。去蒲的方法，从前是手工，现在有一种机器，一筐一筐山核桃果倒进去，蒲归蒲出来，果归果出来。

机器轰隆隆地响着，在相见村的夜色里。令人想到，这是白露了。

去蒲之后，再清洗，晾晒。然后，找专门的地方炒制。再压裂，再手工剥拣出果肉。

然后，我们可以从商店里买到，那些已经加工成果肉的山核桃。

山核桃好吃，摘起来难。临安是山核桃的产区，每年都因为摘山核桃要死伤好些人。然而山民还是要仰仗这一项收入。

一道去的朋友，是本地人，一个单位的负责人。他说每到白露这几日，大家都会纷纷地递上请假条。请假一周，回家采山核桃。不用什么啰嗦的话了，一看也就都明白。朋友拔笔，在请假条上签字，然后抬头说一句：千万注意安全。

多的时候，单位近一半的人都会请假。

有的单位还会放一下"核桃假"。

年年如此——辛苦七八天，赚个三四万，也算是本地特色了。大家都在规定的时间开摘，家家户户，老老少少，都上山去，爬上高高的树，挑起沉沉的筐，翻过长长的陡坡，走过曲折的小路。

9月9日讯 白露到，竹竿摇。每年白露一过，临安大大小小的山坡上，就会出现成千上万挥舞竹竿、扛着麻袋的村民打山核桃的壮观景象，每个人脸上都流露着丰收的喜悦。

……就在临安山核桃刚开竿两天，就已经酿成了4人死亡、30多人受伤的一幕幕悲剧。查阅了近些年临安因打山核桃致死伤的数据：2009年，7人死亡，108人受伤；2010年，16人死亡，200多人受伤；2011年，9人死亡；从山核桃树上掉下来摔死，占了死亡总人数的一半……

这是报纸上的新闻。读之骇人。

月初，我从兰州启程，一路往西行走。在兰州大铁桥边，见到有人在卖新鲜的大核桃。那卖核桃的人，包着头巾，蹲在地上，一边砸核桃，一边剥果肉。我看了一下，那双手，已被果肉的汁水染得乌黑发亮。

连褶皱里都一样乌黑，且有好些开裂。

我们买了两斤，坐在黄河边上，一边喝三炮台茶，一边把那些大核桃吃完。新鲜的核桃肉，剥去内层附着的果膜，吃起来清甜芬芳。想着一路往西，要多买一些。

结果，出了兰州，走青海，过德令哈，到敦煌，再一路折回，都没有再见到。

山核桃与大核桃，当然不是同一种东西。但没有想到，看似那样的小食，背后有那么多同样的艰辛。我们这些享用的人，却往往不知食物之所来。

机器轰隆隆地响着，山中天色暗下来。看不见人了，只有遥远的山影依稀。等到机器也停歇了，四面寂静，风凉四起，秋虫就在这寂静里鸣响。

一抬头，高天兀自发蓝。

对面山上，一星一星的灯火，就在那丛林里亮着。那都是，山核桃的人家吧。

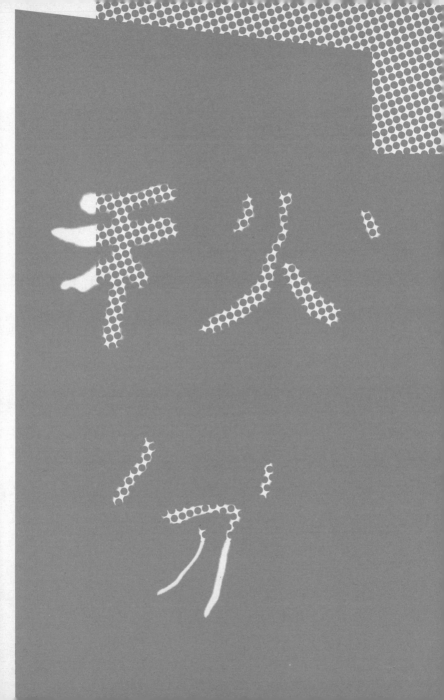

秋分

拾陆

晚晴

返照斜初彻，浮云薄未归。
江虹明远饮，峡雨落馀飞。
凫雁终高去，熊罴觉自肥。
秋分客尚在，竹露夕微微。

——唐·杜甫

秋水意

　　九月山野有情。山上野果在秋风里成熟，红山楂、野苹果、八月炸，都在枝头吐露迷人芬芳。这是山野的好处。苏湖地区山野稀缺，唯多水面，九月秋水亦有情，吴门水乡这时节多的是至鲜之物。

　　譬如"水八仙"。苏州人说的"水八仙"，包括芡实、慈菇、茭白、莲藕、水芹、荸荠、莼菜、菱，其中大部分，在夏末秋初上市。夏日快结束时的某日，我到菜场忽然发现摊上多了芡实，也就是鸡头米。鸡头米，睡莲科，芡属。鸡头米的果壳外形，就像一只鸡头，鸡喙突起，其中剥出的果实就是鸡头米。鸡头米这东西，苏州人习见，亦是初秋时令鲜物。人都知道鸡头米难以采摘，为了保证鸡头米的新鲜，农人从采摘到剥出，时间不超过一日夜。纯手工剥出的鸡头米，唯一的保存方法，是将其分成小份，用塑封袋加水后冷冻保存。也因此，鸡头米初上市之时，价格颇高。想当年，郑板桥称赞"最是江南秋八月，鸡头米赛蚌珠圆"。鸡头米一粒一粒，形如珠玉，令人见之喜悦。苏州人最经典的做法，是用它来烧制一道精致的桂花糖水鸡头米。或者，简简单单地煮一碗鸡头米粥，也是平常生活里的美意。这新鲜的鸡头米煮得软软糯糯，又有一些嚼劲，糖水的甘甜里

有着丝丝缕缕的桂花香气，传递来秋日的芬芳。秋日里食鸡头米，有补肾益精、健脾祛湿的功效。鸡头米上市时节，菜场里许多摊贩都有销售，似乎鸡头米是秋日信使，鸡头米的味道便是初秋的味道了。

接着水红菱也摆上摊了。全国各地的水域，大都有菱角出产，四角菱、二角菱和无角菱，各地都有。采菱的妇人，心中唱着一支采菱的歌儿，坐在一只只小木盆里采红菱。小木盆里的人，在水面上拽一把菱角上来，成熟的摘下来，嫌小的话再扔回水里。这是我面对菜摊上的红菱时想象的场景，毕竟也无缘在秋日，真正坐着小木盆去采菱了。苏州的水红菱，适宜生吃，其个头小，水分足，壳儿脆，剥开壳儿一口咬下去，丝丝甜意便在舌上弥漫。《红楼梦》里头，史湘云搬来贾府长住前，宝玉吩咐袭人去给她送盒吃的，简简单单的小食盒里就装着两样东西，新鲜的红菱与鸡头米。

茭白呢，与水稻是近亲，也是在秋日里成熟。高高的茭白田长叶飘扬，一般人却并不认识，而那密的长叶之中，便是有大肚皮的茭白，乃秋天水乡人日常的时蔬美味。茭白又名茭笋、高瓜、菰笋、高笋，是禾本科菰属多年生宿根水生草本植物。在这时节，茭白开始疯长，秋天的饭桌上，天天都有茭白。秋天的茭白，不仅是一年中味道最好的时候，同时也是最便宜的时候，最普通的一碗肉片茭白，便是日常而鲜美的做法。袁枚在《随园食单》中说："茭白炒肉、炒鸡俱可。切整段，酱、醋炙之，尤佳。煨肉更佳。"茭白这道食材，本身精致优美，也蕴藏鲜美，无论是怎么样的做法，切片还是滚刀块，切丝小炒还是煮汤，茭白肉丝或是油焖茭白、茭白炒鸡蛋，都是鲜甜甘美的妙物。

　　荸荠与藕，因为时令已过，且不说了，但再晚一点时候，一筐筐的慈菇也就在菜摊上亮相了。慈菇刚上市，一定要买两斤来做个时鲜的慈菇炒肉片。对江南人来说，慈菇上市，说明秋天已经深度来临。慈菇性味甘平，可以生津润肺。你想象不出这圆形还带着一条小尾巴的慈菇就那么糯甜，当它与别的食材一同红烧或焖制时，慈菇将会吸收其他食材的味道，成就自己的独特美味。慈菇与猪肉一起红烧，更是荤素配合的经典制法，"红烧肉里加一点慈菇，肉味会融进慈菇里，特别好吃。"有人说，慈菇这东西若是长久不吃，心里就会念着它，念着念着，去菜场里买了来，一顿顿地吃下来，秋天也就要慢慢地过去了。

　　江南人——再具体一点，譬如说是苏湖人，说到"水八仙"这些东西，都能一一细数其独特魅力。江南人特别注重时令对于人的机体的影响，也了解时令与饮食之间的关系，再把这种饮食之道贯穿在对于时节、时间的理解之中。

　　生活在太湖边，不仅有鸡头米、水红菱、茭白、慈菇等等素菜在此季奉至眼前，更有"太湖三白"声名远扬。"太湖三白"，乃是水中三样荤物，分别是白鱼、银鱼和白虾。白鱼，也就是白鲦，钱塘江下游的渔民对此不陌生，他们经常捕捉到钱塘江白鲦，而太湖边的农家乐，更是把白鲦作为蒸制鱼类的不二之选。太湖的白鱼，早在 1300 多年前就十分出名，被称作"无锡第一鱼"。在宋代范成大撰地方志《吴郡志》中记载："白鱼出太湖者胜，民得采之，隋时入贡洛阳。"这说明，早在隋代，太湖白鱼就作为贡品给帝王享用了。这个鱼，据说现在还没有人工饲养，主要是靠自然捕捞。

　　太湖的银鱼，更是声名远扬。上次我在云南的抚仙湖，时在九月，见湖上深夜里诱捕银鱼的灯火星星点点，闪烁不停，而当地人说抚仙湖的银鱼原是来自太湖。太湖银鱼，体长仅五六公分，形似一枚玉簪。曾有人数过，一公斤银鱼，竟有 1676 尾。它在水里游动时，是透明的，你只能看见一条水线划过，这便使它有了仙风道骨的意思；它一出水，便死去了，因它不食人间烟火。出水后的银鱼，身体渐渐由透明变成雪白，柔若无骨，叫人看了不由自主地心生一点矫情的伤感。这太湖银鱼，古名"脍残鱼"，曾是供康熙皇帝享用的贡品。太湖银鱼一年四季都可以捕获，新鲜的银鱼生吃，据说有一种淡淡的黄瓜清香。银鱼蒸蛋则是这个地方的人们最可以安心享受的食物。

至于太湖的白壳虾，就不用多说，其肉嫩、味道鲜美，营养价值高，是苏州人自古喜爱的水产品之一。一般的虾烧熟后会泛红，太湖白虾则不然，烧熟了也会通体白色。清代《太湖备考》中，就有对白虾的记载："太湖白虾甲天下，熟时色仍洁白。"太湖白虾不仅含有丰富的蛋白质，还有钙、磷、铁和维生素 A 等多种营养成分。秋深之时，去太湖游玩，"太湖三白"是一定要吃的，清蒸一条白鱼，用银鱼炒蛋或是炖蛋，然后，再来一道醉白虾，这几样至鲜的美物上得桌来，无由使人倾心而大醉。

太湖边的秋天，水灵灵、鲜滋滋。人在江南生活，是一种福气。春有百花秋有月，秋水意，秋水有意。秋水的意思，是把"水八仙"与"太湖三白"一起和盘托出。太湖的秋天这样慷慨，而秋天也就不算虚度了。

白菜

在城里是会忘了季节的。城里的清晨，见不到霜。已是十一月了，一日进到遥远的大山里，发现枫叶已红，红得似火，在秋阳下暖人的眼；秋水已瘦，瘦得婉约，安静地流淌；河边山际，遍布小野菊，星星点点，金黄如同青春往事。

清晨早起到野外，惊喜地见到田野上有霜了。草叶上，稻秆上，瓦背上，铺着一层白，是细细的冰晶。碧青的白菜叶上，霜落了一层，看上去纯洁水嫩。《月令七十二候集解》中说，"气肃而凝，露结为霜。"霜其实是水汽直接凝成，与露水无关。

几天的饭桌上，都有一盘白菜。北方人所称"白菜"，似多指荛菜，江浙人则把"青菜"都叫做白菜。大的一种，高梗，叶柄肥厚，一支支合抱着成了花瓶状，腰身很是妩媚，叶则青得令人欣喜。白菜一定要霜降后的方好，拿猪油炒了，吃起来特别鲜美甘甜。秋后的丝瓜也是如此，叶也都黄了，藤枯成了国画，还用了最后的养分和心力结成几颗小小丝瓜，在架上落寞地吊着。霜一落，采来吃，不要任何喧宾夺主的佐料，只要一个秋红椒，一起清炒了，比鸡肉还鲜美。

如果见过白菜在地里的样子，你一定会喜欢的。地是干燥的，白菜却水嫩，叶

柄如玉一样白，带着青，亭亭玉立。白菜是可以入画的，国画里边，春兰夏荷秋菊冬梅之外，白菜也是很多大师笔下的题材。国画大师齐白石曾有一幅写意的白菜图，画面上大棵的白菜，点缀着两个红辣椒，并题句说："牡丹为花之王，荔枝为果之先，独不论白菜为蔬之王，何也？"可见大师对白菜的喜爱。

白菜可清炒，可煮汤，还可整株地腌成酸菜来吃。老家人常在霜后将白菜整担地收割回来，洗净了，在太阳底下晒三四天，然后一层层叠进大缸里，分层撒上盐。小孩儿这时就有任务了：将小脚洗净，整个人上去把白菜踩实。踩啊踩啊，菜叶软了，菜汁也沁出来，于是用棕叶覆盖，最后压上大石。半个多月后，冬菜就可食了。冬天里，用这样的冬菜煮鱼，炒冬笋，是极好的下酒菜肴，冬菜用肉丝和干辣椒炒了，下粥也是绝配。

母亲每年冬天都要腌上两缸白菜，吃不掉时，就东邻西邻地送。久居城市的人，忘了白菜在地里的样子，也不甚知道白菜的成长，只知道菜市场里最便宜的一样是它。仍然是上次在山里，我们看到地里刚砍的白菜与城里菜场的殊为不同，那么鲜嫩，同伴中有人便点名要吃它。炒上桌时，只见都是肉片，少数菜梗藏藏掖掖。同伴大为失望，要求白菜不要搁肉，把菜叶一齐炒上来。淳朴的女主人红了脸，手在围裙上搓了半天没去炒，只说："没肉，不好吃的……"她是把我们当客人的。后来想到，这也是城乡之别的一种呢，不禁心生感慨。

寒露

霜降

寒露

霜降

拾捌

霜降

天气渐寒、初霜出现，气温骤降，昼夜温差大。

一候豺乃祭兽；二候草木黄落；三候蛰虫咸俯。

拾柒

寒露

天气更冷，露水有森森寒意。

一候鸿雁来宾；二候雀入大水为蛤；三候菊有黄华。

贰拾

小雪

天气会越来越冷、降水量渐增，气候寒冷深且降水未大。

一候虹藏不见；二候天气上升地气下降；三候闭塞而成冬。

立冬

拾玖

冬季开始，万物进入休养、收藏状态。

一候水始冰；二候地始冻；三候雉入大水为蜃。

立冬

小雪

立

小

冬

雪

露

足路

寒露

寒露

拾柒

镜中

镜中双鬓雪，相见更相怜。
偃寒居牛后，敲推敢马前。
一家寒露叶，万事暮秋蝉。
开口不曾笑，人间八九年。

——宋·陈昂

寒露
信札

1

二禾君，九点十分，我去吃一碗牛肉面。

穿过文学馆路，穿过这个日渐浓重的北京秋天。于我来说，这是一段逃离了日常生活的日子，比如说孩子、家务和没有尽头的工作。这日子很简单，一天坐而论道，一天散漫生活。所谓散漫生活，也不过是读书与写作，话剧或历史，离烟火生活其实是有一点远的。于是，就更见奢侈了。

一碗面却是烟火的 —— 这家牛肉面馆子，据西北来的同学向阳兄说，很是正宗。这不用他说，我对牛肉面有研究 —— 我每次经过兰州，都会起个早（一反常态地），吃一碗牛肉面。

细的，毛细，二细，三细，二柱子，韭菜叶，宽的，大宽。二禾君，我是从这一排字里，看出牛肉面的用心。不同粗细的面条，讲究到这样的地步，这就有一点，简直是 —— 像南方了。南方人做点心，量极微，真正是"点"一下心而已。包装设计都舍得美，食物本身却少，就像装裱画作的行家，给一个小小扇面装上大画框，留白辽阔，苍凉无边，这是好眼光。

面的粗细，直接关系口感，而口感，人各不同，各有所爱。很多事情，最怕讲究，一讲究起来，讲究到极致，那便成了"道"。

只有到这个层次，才可以领受事物幽微的一面、玄奥的一面、复杂的一面、至简的一面、相互转化的一面；才可以懂得一样事物，其实在乎一心也。

面馆的墙上写着几个字，"小心高手，请看好随身物品"。什么是高手，什么是低手？高手真高，写这行警示语的人也高。另一块牌子，"禁止吸烟"。一个提请，一个禁止，这算摆平了，顾客不吃亏，也不会有多大意见。

侧面墙上贴着许多照片。等面的时候，我无聊数了两遍，确认是十七张照片。北京市从业人员健康证明，黑白照片，小小的，贴在墙上。

墙上其他的东西，与一般面馆无异，无非一些俗语、一些典故、几句俚语，比如"面条像裤带"之类，或"源自大清康熙年间"，或是"乾隆微服私访，饥肠辘辘时吃到一碗面"，诸如此类，这已经是惯例了。是流行，也是标配。

二禾君，我吃完面出得门来，在风里，拂去额头细汗。

这是一个美妙的早晨。吃饱饭的人，在上苍厚爱下感到心满意足。路边有一小摊，摊上有几样水果，绿的红的，都很好看。走出远了，我才想起，刚才看见有一样是柿子。

那么大的柿子，上下两截儿，四四方方，这在南方没有。南方这个时节，柿子是挂在树梢的，圆溜溜，红通通，树叶大多凋落了，柿子越来越红。田野里也是一片金黄。麻雀叽叽喳喳。天渐渐地凉了。

2

香山脚下也有人卖柿子，也四四方方，摊主说那叫"盖柿"。我想起"盖世无双"几个字。

　　二禾君，柿子是很吉利的，画一幅画，全是柿子，就可以题名"柿柿如意"，要是柿子与芋头画在一起，便是"事事遇头"，啥事都能有机遇，送人也有面子。齐白石画了几十幅柿子图，柿子个个憨态可掬，意气欢喜。上次我去逛北京的老胡同，就在齐白石的故居里见到一株柿子树，一颗颗柿子挂在枝头，好看。那四合院里也有一棵石榴树，石榴在深秋咧开嘴，一眼可以看到猩红的果实。

　　老舍的故居里也有柿子树，他的院子，自己起了名叫做"丹柿小院"。南方人院子里爱种石榴、枇杷、桂花，柿子少一些。文人的院子里最爱种石榴。石榴花好看呀，至于果实，倒真的不一定要摘下来吃，画在画上就很好。

　　南方柿子圆溜溜的，北京的柿子是四方形，上面还有一个盖，有点像茶壶盖，怪不得叫"盖柿"，据说是清凉的——天气冷下来，鲁迅文学院的宿舍里还没有开暖气，有同学就叫冷。其实我一点也不觉得冷。我怕热，尤惧怕北京暖气的干燥。以前冬天到北京，最受不了又热又闷又燥的暖气，夜不能寐，犹如困兽。霜降的时候，城区还没有集中供暖，我希望供得晚一些才好。

　　如果暖气太干，倒是可以吃柿子解燥——南京人黎戈说柿子是"冬天最贫贱的水果"，而且"大冬天被暖气烘得口干舌燥，此物正是最解燥的冷饮"。黎戈出了新书，某天晚上我读到这一句，才知道柿子有这功能。我被北京的干燥弄得烦心，唯一的办法是拼命喝水。可是喝水也不顶用，水分输送不到身体的边远角落去，皮肤干，鼻子也难受极了。我只好用土办法，在房间里加湿，加湿器整天开着，再把电水壶也开着，水煮开了，一直咕嘟咕嘟地冒泡，水汽氤氲，居然有了一点仙境的意思。有一天晚上，鲁院的保安来敲门，说你在房间抽烟了吗？我一头雾水，因我从不抽烟。回头望见房间天花板上烟雾报警器红灯一直闪着，才知道是地上水汽蒸腾所致，不禁哑然失笑。

二禾君，有一回，南方朋友过来，我也带去牛肉面馆吃面。出来的时候，看到两个男人站在水果摊外面吃柿子，吃得两手都是黏糊糊的汁水，还有软蔫蔫的柿子皮。因为嫌麻烦，我不喜欢吃柿子（事实上，因为嫌麻烦，我也不喜欢吃芒果和猕猴桃）。从前在南方的故乡，村里分回来一篮青黄的柿子，大人细心地藏在米缸里，也不记得过了多久，拿出来时，表皮上已然敷着一层薄薄的白霜，柿子已经发软，似乎吹弹可破。

那时候村里有一棵古老的柿树，到了秋天柿子成熟，全村老小都会集到树下来。年轻又身手敏捷的小伙子，就会上树去采摘柿子，一筐一筐地用绳子吊下树来。最后由村里的老人，统一过秤后平分到各家各户，孩子们抱着一篮柿子欢喜地回家去了。我见过几次这样的场景。然而最后一次，大概是因为柿子分不匀，就有鲁莽的家伙把整个的大枝丫也砍下来，连果带叶，据为己有。别的人当然也很不服气，拿了斧头，在根上砍斫起来。这样的瓜分真是令人瞠目结舌，居然没用多久，一棵数人合围的老柿树就轰然倒地，然后连树桩也给瓜分了个干净，只留了一地的柿子汁液，以及残枝败叶。那时候，我人还很小，却第一次见证了柿树的消亡过程，并感到了人心的可畏。很多时候，一旦群体做起恶来，破坏力真是巨大，简直不可收拾。那以后，我再也没有吃过村里的柿子了。

二禾君，我前面不是说去香山吗？是去看香山的红叶。这个时节红叶漫山，人也漫山。爬山的时候，不禁想起几句诗：

> 两人对酌山花开，一杯一杯复一杯。
>
> 我醉欲眠卿且去，明朝有意抱琴来。

满山红叶中，我想你要在就好了，可以一起喝点酒。

3

二禾君，寒露前后，是获稻的时节，我终于忍不住要回乡一趟。于是约了几个朋友，一起去收割稻子。

我们乡下现今已经没有多少人种稻子了，这一门古老的手艺，怕是慢慢将成为乡村的绝唱。我父亲还很固执地种了一些，一年一年种下来，仿佛已是生命的习惯，真要不种田了，日子反而不好过。闲也是闲不住的，人反而会闷出病来，父亲一直这样说。早些年他在城里住过一段时间，横竖都无法适应，只好依旧与母亲一道回乡下了。种几样菜，养一群鸡，料理田间的水稻从春到秋，虽然经常挥汗如雨，却是他们所喜欢的自在生活。

前些时候，一位人类学家还是社会学家，在一次交流中谈到现代社会的文明与土著部落的原始，哪一个更具有持续性。其实这个话题，答案不言自明：刀耕火种是可持续的，涸泽而渔为不可持续；小农生产是可持续的，大工业文明则不可持续——举例说，有一天真要打起仗来，说不定成个什么样子呢，因文明社会是很脆弱的，一碰就碎，一点就炸。

电影《阿凡达》不就是一个隐喻吗？处于自然状态中的原始人的生活，不一定就绝对落后，当文明落败的时候，人们说不定还得要求助于最原始的生活方式。本来，盛与衰，先进与落后，是一个循环起伏的过程，周而复始，生生不息。

二禾君，我们聊这些，我姑且说说，你也姑且听听，权当解个闷子而已。人类文明的大事情，我们也理不出个子丑寅卯，就留给学者们去论争。然而我对乡下的耕种，实在是有着一腔热情的。在梭罗生活的年代，二三百年前，他甘愿躲避到山野之中与湖水之滨，离群索居，自耕自种，悠然自得。而今，我却依然觉得这样的生活，有它的价值。可不可以这样说，在乡下生活，实是将身外的欲求缩减到最小的限度，而由此，却换来一个更大的心灵的自由空间。

我们就这样来到田间，眼前是一整个秋天。虫鸣，鸟叫，炊烟在村庄里升起，露水在清晨凝结，一阵风来，成熟的板栗从树梢上掉落，啪啪作响，大尾巴的松鼠则轻盈地从这个枝丫窜到另一个树杈。这样的秋天摊开在我们面前，令所有人都觉得新鲜不已，这些来自城市的客人，算是真正闻到了秋天成熟又内敛的香气。

六个壮年男劳力共同抬着一个硕大的打稻机，嘿呀嘿呀，走到田里去。然后就踩进田间。大家的皮鞋早已沾上了泥巴，衣服上挂满了草叶。但这没问题，大家都觉得高兴极了——这么多的人，大家是要干什么呢——二禾君，那一天，我们大家就在一小片稻田中间，围拢起来，双手抚过沉沉的稻穗，然后弯下腰身，以一种近乎仪式般的虔诚与敬重，开始这一项秋天里的劳作——是的，与其说是一次收割水稻的劳作，不如说是一场以稻田为名的艺术活动。简直了。

二禾君，你问： 2017 年 10 月 6 日下午"父亲的水稻田"收割水稻，数十位来自杭州、上海等地城市的稻友参与其中。那么，为什么说它并不仅仅是一次传统意义上的收获劳作？

我答： 是的，"父亲的水稻田"是我发起的一个城乡互动项目，已经连续举办 4 年了。而这一次的活动，它不仅是一次水稻的收获活动，我们希望这次活动能传达给所有参与者更为丰富的精神体验。

比如我们可以思考一些问题：每个人都在度过时间，而什么样的时间，会成为生命中的珍贵记忆？为什么有的时间会成为一个人生命中的珍贵记忆，而大量别的时间只会悄悄流逝，无法被记忆留存？

对一个人来说，什么样的时间是有重量的？对一片千百年光阴流转与四时更替的水稻田来说，"这一个"特定的时间段，被从滚滚向前的时间流里截取出来，我们去注视它、观察它，就像注视和观察一幅油画、一部电影一样。它也因此有了更为丰富的价值与意义。

你问： 为什么不是大家一起收割一大片辽阔的水稻，而是 600 株这么小小的一片？

我答： 热闹的表象，往往会使人忽略本义。15 行、40 列共 600 株水稻的集阵，在一大片田野中间，可以说，非常小。正因其小，反而获得某种形式感与仪式感。当我们来到田间，面对这些水稻，并且开始收割这些水稻时，我们就不只是单纯为了收割而劳作。事情已经发生了变化，收割成了某种仪式。

在这种仪式感下，我们不会为了目标（完成收割）而快速进行，而会为了另一个目标（艺术感受）而让节奏变得悠长缓慢。

在这个缓慢的过程里，参与者可以去感受手中镰刀割断稻秆时传递的震动，也可以聆听田野上的风吹过稻叶的细响，可以嗅到空气中弥漫的草香，也可以看见水稻从直立到躺倒再到脱粒的整个过程（原本想在田间焚烧这些稻草使其成为灰烬，后从环保角度出发放弃，不过没有关系，稻草最终也会完成腐烂的环节，只不过需要更多的时间）——从而，你能清晰地感知到时间的流逝。

在这个过程中，每个人，应该会获得比单纯的收割更为层次丰富的心灵感受。比如你可以想到，在几个月前，这些水稻还只是幼小的秧苗。你还可以联想到，在那个时候，或更久远一些时候，自己是什么样子。时间的流逝，不管是对于一株水稻或一个人来说，都是公平的。

你问：你们把整个收割过程，变成一次艺术行为。这个艺术作品，为什么将它命名为《时间》？

我答：之所以将其命名为《时间》，是因这件艺术作品就是"时间"本身——从众人下田、来到 600 株水稻旁边的某时某刻某分某秒开始，到 600 株水稻被收割完毕、田野回归寂静的某时某刻某分某秒结束。这样一个时间段落，就是一件艺术作品。这个作品只呈现一次，无法重复。它具有即时性、消逝性、唯一性。

你问：为什么要强调，这不只是劳作的体验，更是一次艺术作品的共同创作过程？

我答： 在这一个特定的空间（稻田）里，一群人共同度过了一段时间（2017年10月6日下午的一个多小时）。或者说，这一段时间，是一群人以某种特定的方式共同度过，并一起成功达成了某个目标。因而，可以认为，所有参与者即是共同的创作者。

你问： 时间何以成为艺术？

我答： 很多艺术形式，电影、音乐、摄影、绘画、文学，都是关于"时间"的艺术。新晋诺贝尔文学奖获得者石黑一雄，所写作品中带有东方式的"物哀"之美。所谓"物哀"，本质上就是时间。蔡国强的烟花艺术，也就是时间的美学。

你问： 所以本质上，你是想让这短暂的时间被更多人的记忆所留取？

我答： 正是如此。太多的时间流逝而我们并不能感知，从某种意义上来说它是"荒废"了的。一个文学作品，作家会希望10年后、20年后甚至50年后依然有人去阅读它；一个摄影作品，作者也会希望它能穿越时间，抵达更久远的地方。而这个下午，在稻田里的短暂的一两个小时，我们也希望它能被截存、留取，在10年、20年甚至50年后，我们当中的某些人或者其他人，还能记得它。这也就是"艺术"的价值所在。

你问： 我们的生命为什么要慢下来？

我答： 只有慢下来，你才可以更清晰地感知时间的流逝。

时间的长度是限定的，那么作为这些时间的拥有者，你会希望它快点过，还是慢点过？

5

二禾君，你知道，那是我早就想看的舞剧，云门舞集的《稻禾》。我在北京的国家大剧院观看了这场演出（就在"父亲的水稻田"获稻后不久的一天）。二禾君，你不知道我在观剧过程中，内心的波澜与震颤。我从小到大在田间经历过的一切，风云雷电，稻浪声声，仿佛就在那个舞台上被唤醒。当全剧终了，演员们集体谢幕时，我居然不禁泪下。

那是献给大地的颂歌。从春到秋，从冬到夏，从谷到禾，从禾到谷，大地上的故事周而复始地上演。大地上的人，分分合合，生生死死，悲欣交集，热烈平淡，也不过是在轮回复盘。

正是这一刻的顿悟，令我动容。

演后谈环节，导演林怀民拄着拐杖走上舞台，缓缓说起台湾池上人们种田的故事。池上175公顷稻田，一望无际，没有一根电线杆，造就一片纯净如童话的世外之境。池上人不被外部世界打扰，坚守着自己的一方稻田，过着自己的日子。泥土，花粉，谷实。风，水，土，火。太阳，月亮，星星，天空。

福也！好哇！天地开场，日月同光，今日黄道，割禾收仓！

福也！好哇！稻谷两头尖，天天在嘴边，粒粒入肚皮，顶过活神仙！

此季寒露，获稻，在我故乡浙西常山，"父亲的水稻田"田畈之间，我特邀了国家级非物质文化遗产"喝彩歌谣"传人曾令兵，来稻田间为获稻喝彩。其人憨厚素朴，内力深厚，其声激越，其气浩然，声声喝词激起众人阵阵回应。福也，好哇，人与稻禾的情意，震荡在天地之间。

秋意高远，雁过无声。

6

二禾君，收获是这个时节最重要的主题。在田间。在山上。挖番薯，挖芋头。拾板栗，捡核桃，采山茶果。我不知道，你有没有看过日本电影《小森林》，那里面采摘秋天的野果的场景，也是我在故乡最喜欢做的事。

露水重重的清晨，大山还没有从沉睡中醒来。蓝色清冷的天光下，一座屋子里的黄色灯光亮了起来。白色炊烟袅袅升起。木门吱呀一声被推开。这是五点，远处的群山依然笼罩在一片云蒸雾蔚当中。

带上一袋干粮、两个水壶，64岁的金大娘和68岁的刘大爷出发了。他们脚下穿着解放鞋，腰间绑着柴刀，身后背着竹筐，手上拿着绳索，一前一后，朝着大山深处走去。

不停地攀登。金大娘和刘大爷要花一个多小时才能登上那座青岚缭绕的高山。露水打湿了他们的裤腿。此时，朝阳的暖色正一点一点地洒向山坡。山鸟也开始啼唱。而一颗一颗圆圆的山茶果正挂在枝头，等待着一双粗糙的大手将它们摘取。

这是采摘山茶果的一幕场景。从寒露开始，大约有一个月，山人们每天上山采摘山茶果，饿了就吃干粮，渴了就喝山涧水；爬上枝头，用手去摘取一颗又一颗蒴果。那些果实被扔在竹筐中，最后被装进编织袋。太阳落山时，六点多钟，他们又一前一后地挑着沉沉的果实，走在越来越昏暗的回家路上。

山茶果摘回家，先是翻晒一个多星期，然后手工剥去厚壳，取出果实籽粒。剥山茶籽也是很费劲的事情。一筐一筐的果实要被剥出来，那是一件需要莫大的耐心才能去完成的事情。就像漫长的生活一样需要极其巨大的耐心。

二禾君，如果我不告诉你，你一定不知道这些山茶果是做什么用的 —— 剥出的山茶果实可以用来榨油。那是非常好的一种油。遗憾的是，有很多城市人并不知晓这种油。

山茶果，它从开花到结果足足需要十五个月，如此漫长的生长周期，可以让它足够固执地缓慢生长。在一棵山茶树上，许多花正在开放，许多果已经成熟，这是山茶花与山茶果的奇妙约定。在我故乡，高山野生的山茶树，有的已经五六十年树龄。在这样的大山里，它们有着山里人的性格：沉默而缓慢。

二禾君，我常常想，大山给了人们那么丰厚的馈赠，人们是不是真的懂得它。比如深秋，我在山道上行走，随意可以发现很多甜蜜的野果 —— 比如八月炸，正是这个时节成熟，高挂在枝叶藤蔓之间，果皮开裂，蜜一样甜；比如野猕猴桃果，小小的，挂在藤子上，表皮缀满细密的绒毛，已然吐露着发酵的酒香。这时的山林，风一吹来，飘扬着成熟的野果发出的甜香，果然是深秋的气味。这时节熟透了的果实，鸟会吃，松鼠也会吃，蜂子也会来吃；时间再往后一些，天气就更冷了，树叶将会凋零，成熟的果子也就落地，送给更小的蜂子或蚂蚁去吃。

在这一点，草木野果真是慷慨，并且不执——不执于事，不执于人。秋风起时，当枯则枯，当黄亦黄，当落就落，当败也败，顺应着时节的进展，一切都是正好。令我想到，这岂不是魏晋人的风度。我们这个时代的人，哪里还学得了这些？

7

二禾君，再过些日子，河对岸的木榨油坊就要开动了。

远远的，榨工的号子声听起来有一种击中人心的力量。晒干的山茶籽送进木榨坊，于是山茶籽被碾磨，被炒熟，被筛选，被蒸热，被箍成圆饼，被摞成一叠送进木榨，被木桩塞紧，被撞头击打。于是，清清亮亮的黄色液体，像雨天的檐水一样细细长长地淌下来。油的香味开始在村庄的上空飘荡。

二禾君，你见过那古老的榨油的情景吗？你真该去看一看的。古老的榨油坊，在村庄里快要消失了，就连那些年老的榨工也要从村庄里离开了。二禾君，在木榨坊，我看到有一滴油，落到了承接的木桶外边，正在滑落。山农赶紧用手指去接。油在她干裂的皮肤上渗透下去。那是一双怎样的大手啊。

8

父亲把新碾的大米装好，交给我。晒了好几天，稻谷吸饱了阳光的灿烂与热烈，送进碾米机的时候，稻谷立刻嘎嘣脆地脱下了谷壳。现在，一粒米，终于抛弃它沉重的外衣，显出晶莹纯洁的质地。

二禾君，当我们在讨论大米时，我们在讨论什么？城里的孩子们吃着碗里的米饭，并不知道大米是从田里长出来，也并不知道大米生长在一种叫水稻的植物上。到乡下去，孩子和大人都欣喜欲狂，是带着观光的心情攀蜂捕蝶，却并不能清晰地分辨水稻与小麦，小麦与韭菜，韭菜与蒜苗，蒜苗与芋艿，芋艿与荷花到底有什么不一样；他们能经常吃到南瓜、冬瓜、丝瓜、黄瓜，却也并不能分辨南瓜与冬瓜、冬瓜与丝瓜、丝瓜与黄瓜的藤与花到底有什么不一样。

所以，二禾君，当我此刻谈到大米时，我的心里是有一大片稻田的，稻禾在我身后的风里起舞。我与大多数的人都不同。这一刻我所感受的稻田是无比静谧的。

我在一本书《一平方英寸的寂静》中读到这样一段话：

我们蒙大拿州的人民感激上帝赋予本州岛静谧之美、
雄伟的山脉与浩瀚绵延的平原，
为了改善现今与未来世代的生活质量、
均等机会并享有自由的恩赐，特制定与确立本宪法。

——《蒙大拿州宪法》序文

蒙大拿州在州宪法的开篇中开宗明义地提出了"静谧"的价值。这也使我想起池上的稻农们为了守卫稻田的静谧所做出的努力，他们拒绝电线杆，也拒绝路灯的进入 —— 他们说稻禾在夜晚是要睡觉的，他们说这一片宁静不该被打扰。他们成功了。

二禾君，当我谈到大米时，我的内心如此宁静，这样一种朴素的粮食，滋养着我们的身体。今天我已经离开了村庄，但内心仍有一条渠道，由这片宁静的稻田源源不断地传送给我。不管什么时候，只要我一回到稻田，我内心的某个角度就会被一下子激活。

父亲把新碾的一袋热乎乎的大米交给我。这是稻田里这一季的产出。新鲜的大米有一股米香，这是城市的超市里的大米所没有的。我把整袋的大米塞进汽车的后备厢，之后又一次离开村庄。

9

几天不见，银杏叶子就黄了，飘落一地。院子里的银杏树并不高大，却都是果实累累。我见过许多棵银杏树，几百岁，几千岁，屹立在那里像一个个沉默的长者，叫人仰望并生敬畏心。最年长的树，是山东莒县的一棵，已经四千岁。站在那棵树底下，正好在下一场大雨，倾盆大雨啪啪而下，仿佛从世界的顶端落下，使我领受到老树的教诲与美意。

穿过一地银杏叶，从鲁迅文学院出门右拐，走几百米穿过红绿灯，穿过渐渐起来的寒风，再行一百多米，我去吃一碗牛肉面。二禾君，你如果来的话，我也一定要带你去吃一碗牛肉面——就在对外经济贸易大学西门的马路对面。

寒露之后是霜降，乡野此时应有遍地白霜了吧？光阴流转，四时节气就是这样悄悄地流走。而我是那个游荡的人，像风一样四处奔走。二禾君，我常觉得我是奔走在城市与山野之间的人，一个行在大街上的山里人。我常对着街头赶驴的人行注目礼，我也常对水果摊上的柿子、玉米棒子、糖炒栗子瞪大眼睛。

在北京。二禾君，在西长安街上，我是一个携带野果的人，我怀里揣着一个故乡，就像揣着一个巨大的秘密。

板栗从秋天跌落

　　九月十月，是好看且有得吃的时光。天蓝蓝，云白白，风清清，月光光，让人快活。金黄的橘子、火红的柿子高高摇曳在枝端。而最让人惦记的，是板栗的滋味。

　　板栗生吃，甘甜。尤其在初秋时节，栗苞还是绿色，栗刺还没有硬如钢针，从枝头用竹竿去敲落，石头破开后，见琥珀一样洁白的栗子，三两粒并排躺在里面。取出，剥开外光内毛的华衣，里边是一件薄薄的衣衫，贴着肉。小心褪去，那洁白略黄的果实便在手心里，咬去，是青葱的嫩甜。

　　错过嫩得正好的这一时节，便索性要吃老的板栗了。栗苞熟成老黄，在枝头上颤颤巍巍，有的苞顶裂成"十"字形，风一吹便会啪啪地落下来。这时的栗果，红褐得高贵，油光发亮。这时的栗子已然显得内敛，内衣干薄，不易除去；果肉水分化去，甜味在咀嚼中绵绵地散出。有经验的吃法，要牙好，从油亮的硬壳上纵向咬成前后两片，分别从壳中啃出肉来，如松鼠一般。这法子，免去剥两层衣之苦，是小时为尝到果肉的猴急，然谁能说历经一番风雨之人，一点一点除去栗肉层衣，此中过程不是一种淡然的惬意呢？

　　把老栗子洗了，在背上砍出一道口子，

放到铁锅里焖，只放少许的水。两三根枯枝在灶里噼啪燃烧，细细火苗焖一个时辰，栗子香就从锅盖的板隙里袅袅而出了，直钻人的鼻孔。再耐心候至锅内蒸汽尽逸时开锅取食，喷香粉甜，食之不厌。不开口子焖出的，其实更香，剥食却更繁琐，焖的时间也需长些。小时，我们还尝试用铁铲盛了栗子置炭火上煨，香气无甚，然而一群小孩子坐着蛤蟆凳围着炭火，闻着一缕又一缕香，眼巴巴张望的情景，实在太考验耐性了，最后往往栗子还未熟透，已是全然落入胃中了。

板栗烧菜吃，在小孩子心目里，简直有些暴殄天物的意味。大人却喜欢。板栗炒肉、板栗烧鸡，确皆是美味。

用竹筛将栗子铺盛，放阴凉处风去水分，果实会更为甘甜。定要风干，不宜日晒。过一二个月，天凉了，抓一把在手上，真是十分好吃。主妇悄悄收起一些，藏于阁楼之上，等到冬至拿出来裹粽子吃。那是十二分的好吃。然而有必要经常变换藏匿地点，防止家里的"小老鼠"偷吃。

想着板栗的美味，我站在城市六楼的露台上，发觉风起了。这时候，我仿佛听到头顶，栗苞炸裂，风吹枝摇，栗子便扑扑地跌落，打到叶上，打到枝丫，落在泥间的声音。那声音真是天籁一样。接着远处又有牧童的笛声被风捎来了，接着又有老牛一两声长哞，我便要在这城里，醉在记忆中的南方秋天里了。

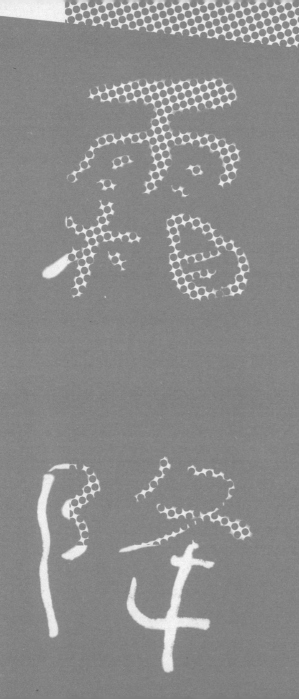

霜降

拾捌

南乡子·重九涵辉楼呈徐君猷

霜降水痕收。浅碧鳞鳞露远洲。

酒力渐消风力软，飕飕。破帽多情却恋头。

佳节若为酬。但把清尊断送秋。万事到头都是梦，休休。

明日黄花蝶也愁。

——宋·苏轼

1

霜降之夜

远人兄，城市中人，不易见到霜了。

霜出现在有月光相伴的夜晚。晴朗的月夜。夜间乌无云，地面上如同掀了盖被，留不住热，气温骤降到冰点，近地的水汽就会凝结在溪边、桥边，形成六角形霜花，有的成为细微的冰针。

陆游在《霜月》中写，"枯草霜花白，寒窗月影新。"月亮静静地挂在那里，像是铺满霜花的玉盘。一个可以听到百里之外声响的降霜之夜，打开窗户，只见满地月色，你且静下心来，听听这一刹那的声音吧。

德富芦花记："霜伴着晴天，有霜的日子里，富士山上也是一片银白。朝日和夕阳都很美。月色恬静，星光淡雅。金黄色的田野变成了白茶色。木林里，经霜染的树叶变成红色，黄色以及褐色，色彩缤纷。"我小时候看过，清晨的太阳照在洁白的霜花上的景象，异常美丽。在阳光下，霜花变成了亮晶晶的水晶，像在对它们说，"我把纯洁赐予了你们。"

"晨起动征铎，客行悲故乡。鸡声茅店月，人迹板桥霜。"这是唐代诗人温庭筠的诗意，行走于大地的游子，清晨上路，披星戴月，霜晨凄寒。他身影瘦长，举目

山川，吟唱着这样的简洁的诗句。我想，倘若他怀中暖着笔墨，一定会停下来画一幅山水，满目白石，树木肃立，河床空旷，万籁岑寂。

我小时居于乡野，深秋时节，似乎每一个清晨都是踏着铺满白霜的小路去上学。那条路上，人迹板桥霜也是有的，且是日日必经——那座板桥共有九节，长长地跨于河水两岸，约摸有百米之距，板桥上的一层白霜往往吓阻我们前行的脚步。

远人兄，霜落在板桥上，是有些滑的，小孩子总是担心一不小心落入水中去。于是往往在桥头徘徊。遇到早上荷锄下地的大人，亲热地叫一声叔叔伯伯，于是被他牵住手，一前一后地过桥。

那河水不深，最深处或可没过成人的膝。河水在板桥之下无声流淌，水面仿佛浮着一层隐隐的雾。

早起的狗，也跟在荷锄的大人身后，脚步轻盈地过桥。

经了霜之后，丝瓜的藤，葡萄的藤，蔫了，枯了，瘦成了国画里的枯笔。地里的白萝卜，未及时采回，露出地面的一截就冻成冰碴，太阳一照又化解，这半截萝卜就熟了，不堪吃。白菜却不一样，经霜的"高梗白"，是愈发甜了。

胡兰成在《今生今世》中写："有霜的早晨，父亲去后园割株卷心黄芽菜，放在饭镬里蒸，吃时只加酱油，真鲜美。"黄芽菜是白菜的一种，经过霜覆盖，显得愈发嫩生生的，一掐即断，一煮即烂，吃起来甘甜糯软，味道会特别鲜美。

霜是什么东西？

《月令七十二候集解》说："九月中，气肃而凝，露结为霜矣。"《二十四节气解》中说："气肃而霜降，阴始凝也。"

远人兄，我于是知道了，霜并非从天而降，而是水汽凝成。这是一种白色的冰晶。暖的空气，遇到冷的物体，接触的时候空气冷却，多余的水汽就会析出，在物体的表面上凝结为冰晶，这就有了霜。

南宋诗人吕本中在《南歌子·旅思》中写道："驿内侵斜月，溪桥度晚霜。"陆游在《霜月》中写，"枯草霜花白，寒窗月影新。"这说明，寒霜也总是与月光相伴。

另外，云对地面物体夜间的辐射冷却是有妨碍的，天空有云不利于霜的形成，因此，霜大都出现在晴朗少云的夜晚，也就是地面辐射冷却强烈的时候。

风也会对霜的形成有影响。有微风的时候，空气缓慢地流过冷物体表面，不断地供应着水汽，有利于霜的形成。但是，风大的时候，由于空气流动得很快，接触冷物体表面的时间太短，同时风大的时候，上下层的空气容易互相混合，不利于温度降低，也会妨碍霜的形成。大致说来，当风速达到3级或3级以上时，霜就不容易形成了。

因此，霜一般形成在寒冷季节里晴朗、微风或无风的夜晚。

气象学上，一般把秋季出现的第一次霜叫做"早霜"或"初霜"，而把春季出现的最后一次霜称为"晚霜"或"终霜"。

霜降，俨然是秋与冬的分野、绿与黄的界限。霜降这把快刀寒光一闪，季节被切割开。

远人兄，我常会在这个时节，去西湖之畔走一走。西湖的深秋，真的是美。清晨的湖面上，常飘着一层雾气，能见度并不高。北山路一线梧桐叶转黄，薄雾中的白堤，烟柳画桥，都缥缈了许多，像是淡淡的水墨画，轻轻的笔触在宣纸上轻轻留下的一抹，随即洇化开去。

一水之隔的对岸，孤山原本一色的绿，这时节已然分出了层次，几树或黄或红的叶子，张扬着熟女般的秋韵。水中的荷叶，成了黄色，又破出一个个铁锈红的洞——远人兄，我想，霜降会不会还是一只虫子？

此时，是这座城市最美的时节。桂花已经大张旗鼓地开了，你若穿行在这座城市的街巷中，一个转身，一个拐角，桂花树也没有见到，似有似无的桂香却已经窜入鼻中来。有桂花树的地方，便有人喝茶，打牌，闲聊，瞌睡。满觉陇一带的咖啡座，更是慵懒地坐满了人，红色黄色的桂花一簇簇地伸到了头顶。风来，则花落如雨，落入茶盏或咖啡杯子里。

节气到了霜降，然而，若是居于城中，依然是不太能见到霜的。只是在某一天，翻开日历的时候，或者翻开字典，看到霜这样一个上下结构的字，会怔一怔。然后，脑海中现出一个画面：乡下，清晨，空气清冷，田边的枯黄草叶上布满一层晶莹的霜花，满地晶莹，跟雪不一样的白。很好看。

"蒹葭苍苍，白露为霜"，霜是这一季最清寂的景致。

于是，我便要往乡间去了：我的故乡，我的田野。

远人兄，在乡下，霜降之前常有的劳作，是收番薯与收芋艿。

收番薯是富有惊喜感的劳动。它不像收稻谷，金黄黄一片，三亩土地的阵势就能把人吓唬住，挥汗如雨地劳作，一点一点考验人的耐性。也不像收橘子，把所有的收成都袒露在面前。番薯藏在泥土里，像土地的秘密，一镢头挖下去，一窝番薯活蹦乱跳地跑出来。就像玩一场捉迷藏或猜谜语的游戏，秘密被揭穿后总是有着说不尽的乐趣。

羊角锄高高举起，两个尖长的铁齿划出一道白色的曲线，迫不及待地扑入土地怀中。于是，蓬松的泥土四下溅开，羊角锄揭开了红盖头，哗啦一声，一窝紫红的番薯像一群羞赧而热情的姑娘，一下子奔涌到面前。

看日本电影《小森林》，秋日霜降前，也是要收番薯和芋艿。番薯煮熟切片，用稻草一片一片地串起来晾于檐下，晾干以后可以收藏；芋艿则带土用报纸包好，收藏于屋内温暖的烟囱旁边，可以一直吃到次年春日。

霜降前后的果实，受了秋风的吹拂，这时候都变得甘甜了许多。譬如板栗，以及柿子。板栗焖熟了吃，极香。柿子呢，一树叶子都已枯黄，在风中零落，剩下一些柿子挂在枝头，在高远的天空里火一样耀眼。这时候的柿子，已经略有些干瘪，采摘下来置于稻草中或谷子里捂几日，就可以吃了。很多地方，霜降时节的习俗都要吃柿子，说不但可以御寒保暖，同时还能补筋益骨。泉州老人对于霜降吃柿子的说法是：霜降吃丁柿，不会流鼻涕。有些地方对于这个习俗的解释是：霜降这天要吃柿子，冬天嘴唇就不会开裂。

霜打菊花开。落霜时节，登高山，赏菊花，也是雅事。菊花欣盛，很多地方都要举行菊花展、菊花会。《清嘉录》中记载苏州赏菊活动，"畦菊乍放，虎阜花农，已干盎（古代腹大口小的器皿）百盎担入城市。居人买为瓶洗供赏者，或五器七器为一台，梗中置熟铁丝，偃仰能如人意。或于广庭大厦堆垒千百盆为玩者，绡纸为山，号菊花山。而茶肆尤盛。"

秋天是菊花之季，《红楼梦》《金瓶梅》《浮生六记》等书中都有赏菊的记载。这时节，人在秋阳之下，喝茶，赏菊，遥想，思念，仿佛秋天的果实汁液饱满一样，人的内心富足。

柿子 的
巅峰时刻

柿子红通通地挂在树上。这种颜色暗示果子已成熟，它勾引人或猿猴、松鼠、鸟儿去品尝，但是当你真的摘下一个柿子咬一口，那突然袭击的涩味会让人感觉遭受了一闷棍。

柿子里含有大量的可溶性单宁，它刺激口腔黏膜上的神经末梢，使人产生了"涩"的感受。事实上"涩"并不是一种味道，口腔黏膜上并没有配置味蕾，但正是单宁刺激了神经末梢，使其产生兴奋，再把信号传输到大脑，人就接收到了"涩"的信息——它在皮肤的表面产生了一种类似于"抓力"的作用。

红酒里也有单宁，人们举起杯子畅饮，兴致勃勃地讨论这一款红酒的年份与口感。他们在讨论什么？资深的酿酒师曾告诉我，关于红酒的一切其实就是关于单宁的一切——他这样说显得简单粗暴，但事实上，当我们用语言描述这一杯酒"口感细腻、具有巧克力般丝滑的特质"时，也正是酒液中的单宁在决定着我们对于口腔中液体的判断。单宁含量高的酒，有人形容它"如大山压顶，举舌维艰"——丹娜（Tannat）、赤霞珠（Cabernet Sauvignon）、慕合怀特（Mourvedre）、内比奥罗（Nebbiolo）等都是重度单宁爱好者喜欢的品种，而博若莱（Beaujolais）相对来说就轻描淡写多了，轻盈如风，没有分量。此外，对于单宁的描述还包括"质感的粗细""紧致""融化""生涩""丰韵"等等，光凭对字面的理解，就好像在触摸一个人的肌肤那样。

用化学老师的话来说，单宁其实是一种多酚，或叫鞣酸，它广泛存在于植物中，树叶、果皮、树皮、树根、果核等部位都有。茶叶有"茶多酚"，茶叶喝起来涩涩的，葡萄酒有"萄多酚"，包括单宁、花青素、白藜芦醇之类的，它们有一个共同的特点，就是抗氧化。单宁含量越多，质量越好的酒，才有可能放的时间越长，并且随着时间的延长，这些成分会慢慢地发生很多美妙的变化。

品饮一杯葡萄酒，莫如说是在品饮和玩味单宁。事实上，很多水果在尚未成熟时都含有大量的有机酸——比如柠檬酸、酒石酸、苹果酸，再加上大量的单宁，果子吃起来又酸又涩，无法入口，李子、杏子、桃子，都是如此。只有当这些水果成熟时，植物中才会产生乙烯，这种物质会让果子中的各个成分纷纷加入成熟的目标——果皮中的叶绿素也逐渐破坏而消失，绿色被分解了，花青素、类胡萝卜素等红色、黄色的色素显现出来；酸性物质慢慢减少，淀粉则转化成糖分；原本令果实坚硬的果胶，也在消散，水果变软了；还有的酶则使果肉中的一些物质发生变化，释放出某种特定的香味——苹果、桃子、葡萄，都是如此。

与此同时，种子正在快速走向成熟。

或者这样说，当种子真正成熟的时候，这一切才顺理成章地发生。我们常常会在菜场或水果卖场里发现一些催熟的果实，比如西瓜，瓤是红的，但里面的种子却依然是白的；

桃子早已经红得鲜艳欲滴，但里面的果核还没有硬到足以保护种子。诸如此类。如果从一开始就这样，我相信这些品种的水果一定存活不到今天，在残酷的自然界，它们早已经被时间淘汰，只剩下一个缥缈的传说——对于植物来说，拼尽全部的力量与智慧使种子留存下去，从而使自己能在世间代代相传，才是它们最重要的目的。除此之外一切都是浮云。果肉好吃与否，只是给它们加分——好吃的果实会让人和动物对它们充满兴趣，从而兴高采烈地帮助它们传播种子。随着人与动物的迁徙活动，种子被带到遥远的地方，在无数不同的角落里生根发芽，生生不息。

作为一种防范，植物也采取了一定的措施来保护它们的种子躲开它们的合作者的那种贪婪：不到种子完全成熟，它们不把甘甜和颜色发展出来。（《植物的欲望》）

在水果还没有成熟的阶段，单宁、有机酸、果胶都只是它们的自我保护措施。谁愿意自己出师未捷身先死呢？它们在不断长大的过程中，需要时时抵抗这个残酷的世界，防止鸟吃，防止松鼠来糟蹋。植物都是这样在漫长的光阴里一点一点累积出足够的经验，从而在这个冷酷的世界存活下来的。

这是植物的智慧。柿子在慢慢成长，细胞不断分裂、膨大，果实内部不断积累有机酸、单宁、多糖等物质。有机酸是酸的，单宁是涩的，那些又酸又涩的未成熟果实，不仅人类不喜欢吃，动物们也敬而远之。它必须把自己低调地隐藏起来，蓄积力量，然后在恰当的时候飞快地成熟。

柿子在没有成熟的时候如此坚硬地挂在树梢，几乎没有任何人或动物会对它感兴趣。偷吃这样的柿子是需要承担风险的，糟糕的口感让人一尝难忘、望而却步。何况柿子比其他水果更矜持一些，即便乙烯已经全速推进，果皮的绿色被分解，颜色转变成了红色或黄色，使它看起来已经成熟；果实内部的有机酸也逐步消散，但要命的单宁依然集聚其中，迟迟不愿撤退。

任何一枚水果都有自己的巅峰时刻，这样的时刻往往是短暂而难以把握的。拉尔夫·沃尔多·爱默生曾说过："梨子终其一生只有十分钟最好吃。"柑橘、葡萄、樱桃、覆盆子、菠萝和西瓜，都是"呼吸非跃变型"水果——这个术语的意思是，一旦被从母树上摘下来，它们就停止成熟的进程了。摘下的时候就是最好吃的，什么都不要等了，立即吃了它们，要快。

但是有的水果就不是这样。离开母树依然能继续成熟的果实，它们属于"呼吸跃变型"，比如杏子、桃子、蓝莓、李子和某些瓜类，被摘下后会变得更软嫩多汁，但甜度不会变得更高；而苹果、奇异果、芒果、番木瓜和某些热带水果，被摘下之后会变得更甜。因为这些水果会把其中的某些成分转化为糖分。

很有意思，如何准确判断一枚柿子的美味巅峰时刻，是一件困难的事——当它从枝头被采摘下来时，并不意味着就到了最佳赏味期，大量的单宁依然使它难以入口。我们可以相信，柿子依然在保护它的种子，使它达到最佳的成熟状态。即便是采摘下来之后，人们也要经过特别的"脱涩"过程才可以品尝到柿子的美味。

立冬

拾玖

立冬即事二首（其一）

细雨生寒未有霜，庭前木叶半青黄。

小春此去无多日，何处梅花一绽香。

——宋·仇远

水边
木子美

远人兄，今晨阳光和煦，我在阳台上坐着，便想要画一幅画。一棵乌桕树。题字也想好了，就写：

水边栽棵乌桕，然后盼着深秋。

十一月十四日，我在余杭径山，见到一棵乌桕树。叶子都红了，真是好看。那一树的红叶，稀稀疏疏的，在深秋的逆光下，呈现出特别的韵致。

落了一地的乌桕子。白色的，带着壳，人走过时，脚底发出噼噼啪啪的声响。

远人兄，我已是多少年没有见过乌桕了。

站在那棵树下，我都想不起树的名字。很小的时候，村庄里就有，我们也不知它的学名"乌桕"，只叫它小名"木子树"。木子树，零星地长在地边、水边，沉默不语。

一年到头，木子树都沉默不语，就连开花也低调，隐没在村庄里。从春到夏，桃花闹，杏花梨花如雪，橘子花开馥郁醉人，木子树的总状花序却无声无息，绿的花隐在绿的叶后面。

什么时候它一下子吸引了人们的目光？只有在立冬之后了。某天像是突然地，会发现村庄的某个角落，一棵木子树正擎

了一树的红色，红在深秋的高远天空里。

而且，满树都是婉转叽喳的鸟声。

孩子们手持弹弓埋伏于木子树下，或是稻草垛边。单季稻早已收割，双季稻的晚稻，此刻正是收割的时节。木子树枝头，聚了许多的鸟儿：灰喜鹊、山斑鸠、乌鸦、白头翁、山雀、画眉。山雀和画眉，极是活泼，患了多动症一样，啁啁啾啾，上蹿下跳。绿绣眼最好看，体形小巧，羽毛漂亮，惹人怜爱。体型较大的灰喜鹊，最爱吃乌桕果实，总是呼朋唤友而来，心满意足而归。

孩子们的弹弓，多半没有什么准头，三天五天也不见打下一只鸟来。倒是树上掉下的羽毛，拾得一支，回去可以向伙伴们吹嘘：这就是我打下的那只喜鹊。

远人兄，那时候我实在小，没摸过相机，要不然我一定要把这样的画面拍下来。一树的乌桕红叶，许多的鸟儿热热闹闹地挤在枝头，一边啄食白色蜡质的木子果实，一边迫不及待地排出鸟粪。

农人出现。执一把长长的铲刀（铲刀扎紧在竹竿的头上），开始爬树（木子树姿弯曲，很好爬），用铲刀把一个个带着果实的小枝铲落下来。这木子收集起来，是可以卖的，听大人说，它可以拿去做蜡烛，做肥皂。木子榨出的清油，可以点灯，也可以用来给木器上漆。

可我已经多少年没有见过木子树了。

所以，当我在径山一见到它，我就高兴，发现它比记忆中的样子更好看。这棵木子树栽在辽阔的水边，坐在树底下喝一杯径山的茶，沐一身的暖阳，就不愿意起身离去了。如果陆游恰好经过，见到这样的场景，那么他一定会吟几句诗的。

乌桕微丹菊渐开，天高风送雁声哀。（陆游《秋思》）
塘路东头乌桕林，偶携藤杖得幽寻。（陆游《东村》）

大概乌桕在古时的南方，是很常见的树了，一树的红叶，足以点燃秋天的诗兴。文人们有多热爱这美好的景致。我随意地搜索一下，就看到好多，南朝民歌《西洲曲》里有"日暮伯劳飞，风吹乌桕树"的诗句。还有人说，唐朝的张继那千古名句"江枫渔火对愁眠"，句子里的"枫"，经过考证，也就是乌桕的叶。

这样美的乌桕，真是可以入画的。怪不得，我也技痒，想要画一幅乌桕的画了。

我拍了乌桕的照片，发到微信上，一个绍兴的朋友给我留言，说早年绍兴，乌桕树是很多的。门前乌桕树，水边乌篷船，这在绍兴，原先是极常见的风景。乌桕树生长不择地，田塍沟畔，泽水所聚处都很适宜，且不怕水浸，这一树那一树的红叶，是江南水乡秋天里最为冲淡又热烈的一抹。绍兴原有"三乌"：乌篷船、乌毡帽、乌桕树。后来乌桕树日渐稀少，此乌才被乌干菜取代了。

朋友一番描述，让我心驰神游，又抱憾不已，为水乡抱憾，也为我的家乡抱憾。一树乌桕红在秋天里，这样的景致，再到哪里去寻呢？没有了乌桕，鸟雀们似乎也要少了许多意思。

对了，吴冠中的画里，常见有片片点点的红，其中会不会有一棵是乌桕？

十一月十四日的红色乌桕，衢州吴兄、杭州朱兄与晓兄同见之。

下午三点，云妍接到微信，几位朋友从太湖源出来，准备到指南村她家里来坐坐。不一会儿，云妍就一路小跑着出去了，在村口，一大片黄熟了的水稻梯田边，她接到了人，一时还是气喘吁吁的样子。

"我早习惯了！"云妍笑道。她家民宿在指南村几棵古老的大枫树下，离村口二三百米，每天跑来跑去，不知要多少回，跑惯了反而脚步轻盈，来去如风。

走着聊着，一会儿就到了云妍的小院落，叫做"云栖枫林"，真的是花团锦簇呀。瓶瓶罐罐，花花朵朵，一片生机。这个小院落，雅致极了，云妍可是花了不少心思打理。院子里坐着些客人，正在喝茶、聊天，陌生人也忍不住推门而进，一边赞叹，一边拍照或看花。

云妍家的墙上，张挂着不少摄影作品，都是令人沉醉不已的秋色图景。红叶绚烂，孩子们在大树下跳绳，或嬉戏，老农牵牛而过，都被摄影师捕捉在镜头中，许多都刊在了全国知名大报大刊上。指南村，"红叶小镇"，这座有数千年历史的古村，村子内外古树参天，生长着三百多棵枫香、天目铁木、银杏为主的珍稀古树，都是国家保护的名木；所以，怎么能不火呢——到了十月，红叶就很好看了，金黄的银杏

枫林 小院

和火红的枫叶，让整个村庄变成了一幅油画，慕名而来的游客几乎把整个村庄塞满。

云妍小时候，在大树底下游戏，也被许多摄影师拍过照片，也上过许多报刊。大学毕业后，她离开了山里的小村庄，多年在外工作。后来，她选择返乡创业，想法真是很简单，就是为了回到村庄，陪陪爸爸妈妈，同时也干一番自己喜欢的事业。

云妍把客人安顿好，泡了茶，也坐下来陪客人聊天。云妍是很真诚的人，她说指南村变化多大啊，政府投了很多钱，把村庄变得美丽极了，看到自己家乡变得这么美，她也忍不住回来，一起亲手创造美好的生活。

看不出，云妍是八零后姑娘，说话做事都这么爽利，如沐春风。此时太阳渐渐西斜，凉风渐起，真是一个美好的傍晚。云妍一会儿又去厨房，与妈妈说话，把客人们的几桌晚饭安排下去。土鸡、溪鱼、老南瓜、红烧肉、豆角、茄子、腊肉，都是乡下常见的食材，云妍妈妈做出来，却总让客人赞不绝口，念念不忘。

二十多年前，就有从上海来的年轻人专门到太湖源来登山，用现在的话说，他们都是"驴友"。来了，敲开门，便要吃饭，要住宿。那时村庄里，哪有什么农家乐！云妍的妈妈看了这群小伙子，便给他们做饭、烧菜、下面条。山里人多么纯朴，只觉得家里来了客人，不能让人饿着肚子。给人吃，给人住，却不晓得怎么收钱。那时，哪有什么商业概念，都是淳朴人情而已！人家说，哎呀阿姨，你人这么好，饭菜也做得好吃，钱一定要收。

那怎么收呢？就这样推推让让，一个人二三十元，不仅吃，还管住一夜。云妍妈妈把一个房间收拾出来，给这一帮年轻人住，他们十多个人偏要挤一间屋子里，床上地下，都躺着人。

没想到，从那以后，这帮人年年都来临安玩，从骑摩托车，到开上小车；从毛头小伙，到后来拖家带口地来。一个电话打过来，光听听声音，云妍妈妈都能叫得出他们名字！就好像自家亲戚一样熟悉、亲切了。

喝着茶，聊起往事，大家都说没想到。也是从那时开始，云妍家成了指南村里头一家农家乐，那时还在念书的云妍，周末也在家里当帮手。一转眼，云妍工作了，再一转眼，云妍又回来了，从爸爸妈妈手中接过担子，她是有想法的，她把自己家里里外外，好好装修整理一番，把农家乐提升成了民宿，也稍稍扩大一点面积，有六七间客房。

云妍带大家四面看看，请大家吃青馃，一路上跟邻居打招呼，说话，也顾着客人，跟客人聊天，介绍着一片田、一口井、一棵树、一座林子的故事。这个时候，夕阳西下，柔美又沉静，加上逆光营造出的温暖氛围，真像一个童话世界。看看时间，四点半了，云妍让客人们自己逛逛，她要先回家，给下厨的妈妈搭一把手去了。

村庄里炊烟四起。大概，这样的炊烟飘荡起来，让夕阳更美了。指南村的美丽的红叶，指南村的缓慢的生活，吸引着无数山外的人前来，就像云妍喜欢本真、自然的气质一样，这个村庄也以它的淳朴、天然，悠悠讲述着自己的故事。在村道上走着，遇到村民一打听，这个村一共有五六十家农家乐，精品民宿也有六七家了，每年来的游客有几十万人次。

五点过后，客人漫步折返，向云栖枫林小院行去。这个小院落，一回生，二回熟，慢慢就像自家一样令人感觉亲切。估计云妍也把饭烧好了吧？果然，悠悠的饭菜香，已在小院里飘荡开来。客人们也不由想着，到了晚上，天都黑了，在这小院里一定能看见满天的繁星吧？一定是个美好的山中夜晚。

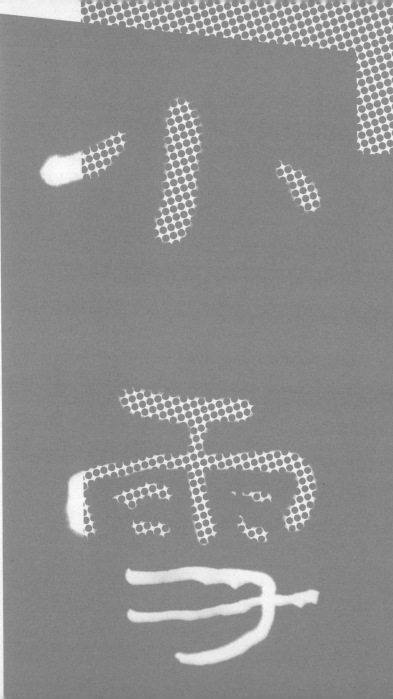

小雪

贰拾

秋风酱鸭
256-258
简阳的简，
简阳的羊
259-262
煮起一锅羊肉，
然后等雪来
263-266

初寒

久雨重阳后，清寒小雪前。
拾薪椎髻仆，卖菜掘头船。
薄米全家粥，空床故物毡。
身犹付一欹，名字更须传？

——宋·陆游

秋风
酱鸭

这几天一下子冷起来。到中山南路走一走，听到弄堂里的大妈在喃喃："个么，酱鸭酱肉好弄起来了。"

好像一到冷天，这座城市的大街小巷，屋檐下、晾衣绳上，就会一下子冒出很多一串串的油光发亮的酱货：酱鱼、酱肉、酱鸭……再过些日子，冬天到来，中午在太阳底下打盹的老太爷，与在太阳底下冒油的酱肉酱鸭酱鱼一起，构成了世俗生活里最温暖的画面。

正在热播的纪录片《风味人间》，运用了很多新的拍摄技巧来呈现美食，比如"显微摄影"，镜头把视角缩小到"分子级"。在这样的镜头下，观众可以看到用盐腌制马肋排时，剔透的盐粒在鲜红的肉上凝结与作用……这就使人知道，原来食物的内部，在时间的积累下发生了这么多富有美感的变化！

我想，如果把显微镜头对准杭州屋檐下的一只酱鸭，在油润的光泽之下，人们也一定能看到酱鸭在冬天清冷的气温里，发生着令人惊讶的、美轮美奂的反应。

老底子的杭州人，过年一定少不了要准备几只酱鸭的。

杭州的酱鸭也是极有名的。据《杭俗遗风》记载："酱鸭一味，以杭城绍酒店

所制者为佳。每岁八九月间，各酒肆皆自制酱鸭，多者数百，少者亦百余。远自申江亦有来购者，一过冬至，即销售一空。凡老居杭城及嗜中物者，类皆知之。"

我在延安路一家饭店吃饭。据说这家小小的饭店，常常是门庭若市。据说就是因为杭州口味做得地道。很多知名的公众人物，据说也会寻去吃饭，闹猛是闹猛的，地方也是简陋的，无奈就是好吃，有什么办法。

有一年，我跟作协的孙老师，还有一位从澳大利亚回来的朋友，一起在那里吃饭。场地有点局促，声音也有点吵，大家说起话来，不得不提高了声音。但是这一顿饭，吃得澳大利亚回来的杭州朋友连连点头，连说好吃好吃，好吃好吃。桌上的菜呢，别的我都忘了，只记得两道，一道是炒双冬，一道是蒸酱鸭。

吃完的时候，这位朋友还从楼下的店门口，跟小伙计买了一只酱鸭打包回去。

据说这家小饭店，酱鸭一年要卖掉几千只。

一排排的酱鸭，用架子挂好，就晾在店门外场地上。阳光一照，颜色不要太诱人。一排一排的酱鸭挂在那里，阵势也就大了，年味也就相当足了。

杭州人是很好这一口酱鸭的。怎么做呢？杭州酱鸭，要选用绍兴麻鸭，两至三年最佳。绍兴麻鸭肉嫩，味鲜，是制作酱鸭的上等食材。先用盐水腌制十二小时至三十六小时，然后卤，卤好以后挂出来，在通风阴凉处吹晒一星期以上。说说容易，做做难，每个做酱鸭的师傅都有自己的门道，也是绝活，轻易是不透露出来的。

拎回一只酱鸭，在家里就简单了。把酱鸭整只地放在大盘子里，不要加水，浇上一点黄酒，撒上一层白糖、葱、姜等，上笼用旺火蒸，蒸到鸭翅膀有一点点的裂缝了，就可以了。酱鸭蒸熟后，把卤水倒掉，冷却，然后切块，整整齐齐地装盘，端出来。

这只酱鸭，过过老酒，"咪道"不要太好喽。如果把酱鸭、烟肉、酱肉、风鸡放在一道蒸出来，那也是咸香浓郁，酱味香甜。我见过杭州街巷里的老人家，就这些一道蒸出来，可以"咪咪"酒，有声有色，有滋有味，吃上一整个晌午。

有的人家更讲究。比如酱鸭的肉吃掉了，酱鸭的骨，怎么能随便丢掉呢？这也是好东西——丢进泡饭里，一道煮，再加进青菜叶子，放一点瑶柱，这个老鸭泡饭，鲜得要掉眉毛！

其实在江南，酱鸭是比较常见的。比如说安昌古镇，酱鸭也是很多的，每年冬天都有无数"长枪短炮"在那里摄影，一挂一挂的酱鸭，就是很重要的"模特"。有一次我在乌镇，也看到那里的人家，在大张旗鼓地晾晒酱鸭。

再有一次，是在苏州，我去会一位做团扇的手工艺人。这个手工艺人，年纪不大，名声不小，团扇做得远近闻名。因为他是自己做的，各道工序与手艺，聊得头头是道，我也不觉入了迷。后来一看时间，到了饭点，他把那些雅致的缂丝、潇湘竹、点翠之类的东西一推，说，去吃饭！

饭就在小巷深处的一家小店吃的，其中有一道，就是酱鸭。比起来，苏州的酱鸭与杭州的酱鸭并无太大不同，只是口感上，甜味微微地重一点而已。

我觉得，吃酱鸭，最好，是在这样的江南的巷子里吃，要有青石板路的地方；最好，再配上一碗黄酒，菜倒无须多的；最好，再有一点越剧或昆曲放出来，那就太美不过。

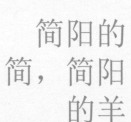

简阳的简，简阳的羊

小雪。在简阳吃一碗羊肉汤。简阳羊肉汤历史悠久，《简州志》说，汉代这里就有很多羊，"户户具鸡豕，十里闻羊香"。问服务员煮羊汤有什么特别之处，说是，没有。无非是羊肉羊杂骨头一起慢慢炖煮出来。还有一种，是与鱼一起煮。鱼羊在一起煮，就是个鲜字，我觉得有点儿饮食教条主义，是望字生义的结果。我们中午喝的羊汤，是前一种煮法，极朴素的手法，却是很鲜。汤是乳白色，清汤，锅里有几片小小的姜片，也就没有别的东西了，喝起来却是极美的，且没有一点儿膻味。这大概与他们所用的肉羊品种有关系。简阳的羊，是大耳朵羊，跨国婚姻混血儿，是来自非洲的努比亚山羊与本地羊品种杂交而成。羊的自然生长环境呢，据说要求也是很高的。一碗好羊汤，看起来极简，却是极难。从食材本身，到烹饪手法，都要讲究才行。简阳羊肉汤的烹饪技艺，现在也是成都的非物质文化遗产。隔着透明的玻璃，甫跃辉趴在那里看厨师大火炖汤，看了半天，也不知道他有没有看出个道道来。我估计这个叫做"羊扬天下"的地方，煮羊肉汤还是有一套秘技，只是厨师要不要把这秘技示人，是个问题。后来羊肉汤上来，我赞不绝口，喝了三碗，一边喝一边想，倒是应该请牧羊人来这里讲讲故事，他们是如何对待一只羊的。一只羊在山坡上，在碧水蓝天，是心情愉快的。牧羊人是不是也心情愉快，在这个忙碌的年代，能够专心养羊，实在是一件幸福的事情。然后，也应该请厨师坐下来，一起喝茶聊天，讲讲他们是如何对待一碗汤的。十一月二十二日，小雪，在简阳吃一碗羊肉汤，暖洋洋。

十一月二十三日，到一个叫荷桥的村庄去。未及入村，村道上迎面张挂着一条横幅，上面有一条口号："争做为人就简、处世向阳的简阳人。"到全国各地去了不少，鲜见有从为人处世的角度来诠释一个地名的。简阳这样诠释，就显得很人文。几日在简阳，我们行走在简阳的昨日与未来之中，看见简阳悠长的历史，也看到简阳这样一座城令人注目的崛起，然而——当地人依然认为，为人、处世才是最重要的。为人之简，当然不是因陋就简，而是简单、简净、简素。简是智慧，也是定力。我们所生活的这个时代，人人都在追求繁华，向往喧闹，而事实上，大道往往至简。

简阳此地，古又称牛鞞。《水经注》写到牛鞞县，"洛水又经牛鞞县，为牛鞞水。""鞞"字其实是个多音字，有念"皮"，有念"柄"，有念"敝"，还有念"卑"。鞞是什么，居然是牛身上的绳子。说是，湔水、雒水、绵水，三条大河一直往东南方向流到此地，汇成一流，再往南流到泸州，汇入长江，这几条水的样子，就像一头野牛，从岷山里狂奔出来，而到了牛鞞这个地方，忽然像被一条绳子约束住了脚步，就一下子温柔了，楚楚动人，好极了。这是一种说法。现在的简阳，也是这样，楚楚动人，好极了——像一条河那样，顺势而下，大河至简。

简阳有猫，叫做"简州猫"。简州猫厉害，天下猫是两耳，唯简州猫四耳。据说，这种猫的耳朵轮廓重叠，两大两小，耳中有耳，合成四耳。此猫又极是英武，极擅捕鼠。从明中叶开始，简州猫就一直作为珍品进贡宫中。这样一说，似乎宫中多鼠的样子。不过，简州之猫到了后代，更是神乎其神，传为神猫，譬如说，民间传说，把简州之猫印成图画，贴于墙上，也颇能避鼠，因鼠刚出洞来，举头一望而逃。可见简州猫之神武，在简州鼠界也是成为传说的，若求鼠界心理阴影面积，怕会是一个吓人的天文数字。

为什么要说到简州猫，是因现在很多人喜欢猫。喜欢猫的人自称"猫奴"。他们在城市中养猫，当然不再是为了捕鼠，而是满足精神的需求。这是一种猫的升级 —— 想到猫的话题时，我其实是走在一大片辽阔的工地上，那里正在挖开一个个大坑，机器轰鸣，车辆往来，人们在土地上创造着令人惊叹的成果。大概一年之后，那里就会有一座机场，说是比北京的大兴机场还要大。想象一年以后这个机场投入使用，我们再来四川，当是从这里缓缓步下舷梯，挥手之间，雄浑之气油然而生，一念及此，便激动得心潮起伏。

以前我到成都，喜欢在成都的街巷里逗留，或在小酒馆里一待就是半天。成都的小酒馆里常常有猫，很乖很慵懒地蜷在吧台上。因此每当我想起成都的时候，就像一首歌里唱的那样，会想起成都的小酒馆以及它的猫。这是一种多么缓慢的生活图景，它甚至已是成都气质的一部分，而现在我知道了，那些猫应该都是简州猫。我是二十二日的上午，在天府国际机场的建设工地上想起猫的 —— 在简州的大地上，缓慢与飞快就这样统一在一起，一种是猫一般的生活，一种是飞一般的生活，它是一个事物的两面。

接下来一定要说到海底捞了。当我听说海底捞的创始地是在简阳时，几乎是有点兴奋的，因我觉得海底捞其实不是一个企业，而是一个传奇了。海底捞的传奇就在于，它光是用"服务"就把人折服了。我们在海底捞吃饭，服务员把我们的衣服放进橱中，变脸绝活的表演者到桌前表演，拉面的人卖力拉面——这样一些服务项目，如今已经见怪不怪了，因为可以说，海底捞用自己的故事，把整个餐饮界的服务意识提升了一大截。曾经它被人们津津乐道的就是堪称"变态"的服务，什么美甲、擦鞋，在儿童游乐区，陪孩子下棋、哄娃，给戴眼镜用餐的客人送眼镜布，甚至店长亲自开车送出差赶点的顾客，服务员为失恋难过的顾客免单……诸如此类的故事，造就了一个传奇，使得有网友说，"海底捞的服务员就差帮你付钱了。"

而我在吃着火锅、涮着毛肚之时，想到无论是一个人还是一家企业，要把一件事情做到极致，都是多么不简单的事。有人说"海底捞你学不会"，那是真的学不会，因后来者学得再好，也不过是跟风之流。它的精神之核，有没有学到呢，很难讲。要把一件事情做好，真的需要一些死磕的精神、一些笨拙的精神。只有这样笨拙且死磕，做着做着，不知道什么时候，就做成自己的传奇了，而一个人、一家企业、一个地方，你能创造多少传奇呢？

譬如简阳这个地方，它的羊肉汤是个传奇，海底捞也是传奇，简阳就是一个诞生传奇的地方。平凡的人啊，大道至简，你也可以成为传奇。二〇一九年十一月二十三日，一个平凡的夜晚，我在简阳海底捞吃饭，让一个日子成为一次传奇。

1

在冬天，尤其想念羊肉。

红泥小火炉，涮一锅羊羔肉吃，暖意融融，屋外大雪也不怕。

2

但不免有人要问：吃遍全国，哪里的羊肉好吃？

甘肃靖远羊好吃。那里有柴胡、麻黄、益母、蒲公英、黄芩、桔梗、薄荷、干草，几十种草药 —— 不是你吃，是羊吃。羊吃了这些草药，再饮山中富含矿物质的水，肉质细嫩，性情温柔。所以，靖远羊好吃。

青海滩羊好吃。它们在海拔三千米以上的地方奔走，精力充沛，浪漫天真，空气纯净，大地纯洁，日子和流云都走得缓慢，所以羊肉没有膻味，鲜其美之。

还有说，内蒙古锡林郭勒盟和阿拉善盟的羊好吃，那里草原宽广，风吹草低，野韭菜和沙葱夹杂生长，羊肉细腻滑润。

有说新疆阿勒泰的大尾羊好。新疆阿勒泰，有我喜欢的散文作家李娟，她写冬牧场、夏牧场、春牧场。虽没写过秋牧场，但无所谓，阿勒泰的羊肉肯定好吃。

这样比下去，人会觉得生而有涯，食羊无涯，天下之大，有多少羊肉我们仍没

煮起一锅羊肉，然后等雪来

有吃过。

一个机智的人，现实主义的人，就应该知道弱水三千，我只取一瓢饮。应该知道知足与感恩。应该知道世上一切都来之不易。

所以，什么样的羊肉端上来，别无二话，就是一个吃字。

3

我吃过多少羊肉了，不知道。西安清晨八点的羊肉泡馍，新疆走遍全国的羊肉串，四川松坪沟寒冷深夜里的烤全羊，内蒙古呼伦贝尔草原上吃了七天的手抓羊肉，不记得了。

以及，种种与羊的相遇，不期而至，迎头撞见烤羊排、羊蝎子、小肥羊、羊肉卷、羊杂汤、羊肉饺，不计其数，也不记得了。

有一次，和知名主持人安峰、作家孙昌建等友人一起到仓前掏羊锅。吃的是全羊宴。羊肉、羊眼、羊拐子、羊腰子、羊睾丸、羊鞭、羊尾，都吃过了。到底是专业做羊，是江南的精细做法，值得大吃一顿，大书一笔。

现在，掏羊锅的人，不仅仅是跑到仓前去了。听说杭州城里不少地方都有。我住江南，号称来自西北的羊肉就在那里冒着腾腾的热气。大冬天，在风里走着，一抬头看见窗内那热气腾腾的场景，怎么能挡得住羊肉的诱惑？

4

有一次，我们在腾格里沙漠吃羊肉。夕阳西沉的沙漠上，架起大锅，白水煮羊肉。什么佐料都没有，只放盐。左手一瓣蒜，右手一块羊肉，天旷地远。我们坐在腾格里大沙漠的沙丘上，喝着白酒，吃着羊肉，看着橘色的夕阳一点一点地落下去，想起生命中爱过的人正在远去，想起一生中后悔的事无以挽回，不由自主地流泪。

5

一到冬天，寒风开始吹，我就跟腾格里的兄弟说，帮我快递一只羊来。

是真的一只羊 —— 那边料理好了，真空包装，24 小时内快递到我手中。

然后，我就煮一锅水，把切好的羊肉放进去煮。白水煮羊肉，只放几粒盐。我模拟的是，在腾格里沙漠野外煮羊肉的场景。所以，我不用砂锅、高压锅、电煲锅，我只用铁锅。其他锅煮出来，太酥烂了。铁锅煮出来，有嚼劲，吃得出腾格里沙漠落日和风沙漫天的味道。

6

我喜欢的布衣乐队，有一首歌，叫做《羊肉面》：

小卢你真不知道　幸福究竟是什么
妈妈最幸福的就是看你吃的样子
你回家吧
困难的时候
回家妈妈给你做最喜欢的呀
你回家吧
困难的时候

回家妈妈给你做最喜欢的呀

羊肉面

是的，全天下最好吃的羊肉，一定藏在妈妈做的那碗羊肉面里。

大雪

冬至

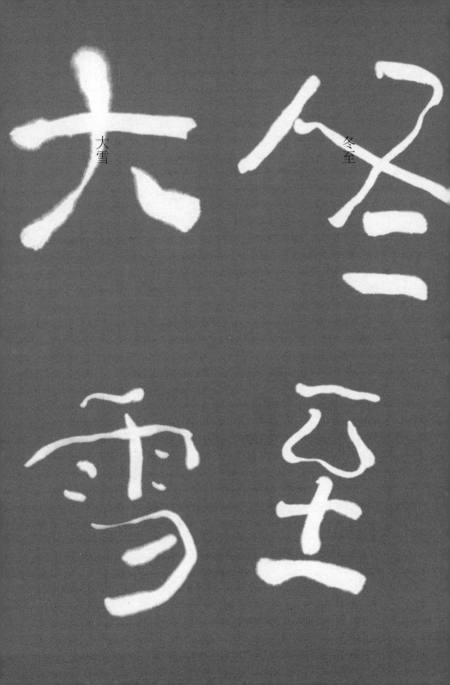

大雪

冬至

冬至

贰拾贰

冬至以后北半球白昼渐长，气温持续下降，但由于地表尚有一积热"，冬至之前通常不会很冷。

一候蚯蚓结；二候麋角解；三候水泉动。

大雪

贰拾壹

气温显著下降、降水量增多。

一候鹖鴠不鸣；二候虎始交；三候荔挺出。

小寒

大寒

大寒

中国人的时间哲学

仪式
节气风物之美

小寒

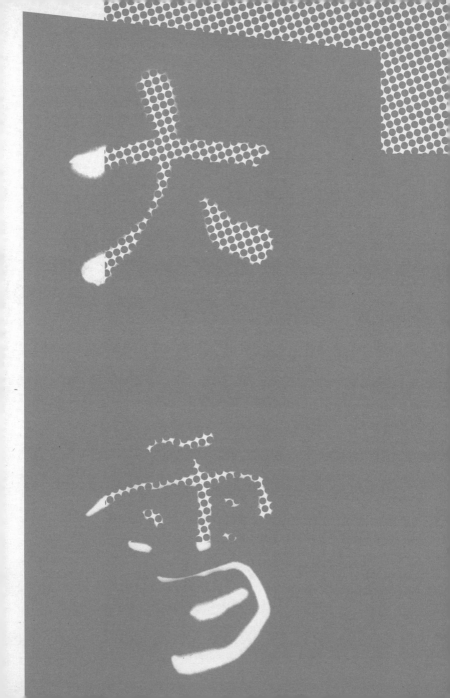

大雪

贰拾壹

江雪

千山鸟飞绝，万径人踪灭。

孤舟蓑笠翁，独钓寒江雪。

——唐·柳宗元

傍林鲜

大雪冬日，有一道菜是极好的：冬笋煨咸肉。

然而必要在大山深处吃，才算好。开门见漫山遍野白雪皑皑，万物凝止，万籁俱静。茅庐窗内，是红泥小火炉，煮着一钵冬笋咸肉，炭火噼啪，喝一碗山家自酿的米酒，其逍乎遥哉！纷繁尘事，郁结不快，连同那雾霭一起，都是遥远的，都在另一个世界了。此时，倘若还有爱人在侧，则庶几可以美到哭了。

此时冬笋，是黄泥下未冒尖的冬笋，挖来新煮，肥嫩而鲜。咸肉也要好，必须是土猪肉，抹了盐，在滴水成冰的屋檐下沐了整月的山风。这样的冬笋与土猪肉，是钟表界的瑞士机械表，是包包界的"驴"牌，衣服界的香奈儿，而且比这些奢侈品还要奢侈，是有钱也买不到的。就仿佛，买得到大山，却买不到大雪覆山；买得到美人，却买不到爱人在侧，是一样的。

就让它是个梦吧，何况现在也流行说梦。

冬笋，春笋，都只有在当季吃。过季了，也就不叫冬笋、春笋了。春笋切成极薄的片，用雪菜和腊肉炒了，很是鲜美。《山家清供》这本书里，写到一样时鲜菜，"傍林鲜"。趁竹林里的笋长得最盛的时候，就在林子

边上挖一个土灶，把刚挖的笋用炉子煮上。水是山泉水；燃料，不是户外用品店里卖的罐装瓦斯，而是竹林落叶，纯天然的。这样煮笋吃午饭，叫"傍林鲜"。

想来，这"傍林鲜"和钓鱼人的思路是一致的，刚挖的笋，刚采的蕨，刚钓的鱼，都还带着露水，魂灵儿都还在的；立刻煮起来，味道当然最最鲜美。去鱼馆吃鱼，讲究一点，都是当面现杀的。你眼瞅着，刚还在水里畅游的鱼，啪叽一摔，立即去鳞剖腹下锅。杀猪肉也是如此。吃过杀猪肉吗？山里人杀猪，这边整头猪还在案板上料理，主人家就割了热乎乎的肉去下锅爆炒了，取的，也就是一个生猛海鲜的意思。

钓鱼的人，若像"孤舟蓑笠翁，独钓寒江雪"一样，才出水的鱼在舟上煮了吃，绝对是"傍江鲜"。

鲜笋过季，就只能制成明笋了。鲜笋，不加盐煮熟，晾干，可以久藏。要吃了，把明笋干放入冷水中浸泡一周，每天换水，捞出后用竹竿夹紧，用"一字刨"刨出极薄的片。别的刨不行，只有"一字刨"才能刨得薄。这样的薄笋片，再用水泡发三四天，随吃随取。明笋往年在乡村酒席，是最常用的打底菜。大碗肥肉，上面是肥油腻色的大块肉，下面大半碗都是明笋。鸡肉鸭肉，下面也多是明笋。概因往年，肉类并不丰裕，只能用这样的办法来撑门面了。

明笋本身就鲜美，一旦吸取了肉味、鸡汁，此时也就变得更为鲜美。时至今日，明笋好吃，人更贵之。乡下过年，有鸡鸭鱼肉，也有明笋，明笋总是先吃完。

然而，明笋为什么叫"明笋"，我却不知。后来听说，也可以写作"闽笋"，大概是因为福建菜中多此做法，明笋作为闽菜的特色食材，有"八闽山珍"的称誉。

　　笋是好食材，杭帮菜里，竹笋是极常用的配料。杭州最具特色的面食"片儿川"，浇头里就一定要有鲜笋片。到了杭州，明笋则似乎已不多见了。现在的馆子里，偶尔也能吃到腌笋、罐头笋，但那味道，与鲜笋、明笋都已不可同日而语。

　　苏东坡爱吃肉，也爱吃笋。他说，"宁可食无肉，不可居无竹。无肉令人瘦，无竹令人俗。"这样的话，已经是尽人皆知，"不俗又不瘦，竹笋焖猪肉。"然而在我看来，顿顿笋焖肉，也未免落俗了。

　　或问，若想不俗，当如何？

　　曰，再盼一场雪来。

　　雪来，我来；你，来不来？

像是预约好了，我们在霞山的街巷里行走时，雪花就飘起来了。

霞山拥有一片庞大的古民居，显得古拙，旧色令人舒服。这样沉静的旧色，遇到飘逸的白雪，仿佛一下子披上了轻盈的面纱。在霞山，三百多幢明清时期的徽派古建筑，簇拥出一种独特的场域，是有别于外部世界的；人在这些老房子中间行走，就仿佛一脚踏入时光隧道，回到旧光阴里。

半坡雪

老街有长长的弄巷，长长的天空，显得很有腔调；它的白墙黑瓦、砖雕木刻，沉静内敛，不声不响。唯有雪花飘扬。

我们躲进一户人家，在他们家喝茶。

坐了半天，朋友发信息来，我回他一幅《霞山瑞雪图》。

在老房子里看雪，难得。最好，再把炉子生起来。

最好，在炉子上温一壶酒。

当然得是绍兴酒。绍兴酒温热了，在这样的雪天里喝，最是温暖人心。

天色渐晚之时，炉子上再炖一锅豆腐，或者炖一锅萝卜。

以前山里人家都有炉子。山里是要比外面冷些的。这时节，想必很多人家早已把火炉搬出来了，一家人围着大火炉取暖。

有火炉的冬天，才像个真正的冬天。

一边吃着火炉上烤的番薯或苞芦粿，一边闻着炖萝卜的香，想起一句话："手捧苞芦粿，脚踏白炭火，除了皇帝就是我。"

苞芦粿，当地方言，玉米。

朋友夏小暖说："山是一个很神奇的场域，每座山都自有一方天地。一旦太久没造访，好像就浑身不对劲，置身其中，便得到一种平静。我相信，每一颗谦卑和好奇的心都是受到大自然欢迎的。只要一进入山里，就瞬间能找到一种熟悉的依赖感与愉悦。若能常常走进山里，会比较不容易忧虑吧；而低潮的时候，山则是个很大的依靠。我总觉得，山之于我，很像一个家人。"

我颇有同感。

最好大雪封山。人被大雪封存在山里，就会产生一个更神奇的场域。

有一次大雪，与朋友在山里砍竹，用毛竹制作花器。刀砍竹子的声音，在山里响起来，有一种洞箫一般的效果。空山不见人，伐竹之声清越，也有空灵之感，听得出是个男人在挥刀，挥刀之手臂十分有力。听得出，他是熟悉山里事物的人。刀也是好刀。

……都在声音里了。

好多年没有感受过严寒了。我指的是，冰凌挂得老长的那种。

小时候在山里，有这样的印象，屋檐下的冰凌敲落下来，断成几截，手握一截冰凌，也是一种好玩具。居然一点不怕冷。

现在反而怕冷了。

高村光太郎《山中四季》的第一篇，就写山中的雪。他所住之地，离村庄稍远，除树林、原野和少许田地以外，周围一户人家也没有。每到积雪时节，四面白雪，连个人影都见不着。连走路都困难，自然也没有人来小屋做客。这样的日子从十二月一直持续到次年三月。

从日出到日落，我就坐在地炉边上，边烤火边吃饭，或是读书、工作。一个人待的时间太长了，我也想见见别的人。就算不是人类，只要是活着的生物，哪怕飞禽走兽都可以。

现在很少有机会，去感受这样的时刻了。

孤独的时刻。

在山里，让世人把我遗忘。

遗世独立，需要的不是大雪封山，而是我封大山。

大雪纷纷扬扬，从霞山的天空里飘落，看久了令人有些眩晕，有些痴迷。老建筑里的天井，就是这一点好，雨落下，雪落下，阳光落下，飞鸟偶尔也会落下，四时光阴都会落下。

不知道坐了多久，出门，看见半坡雪。

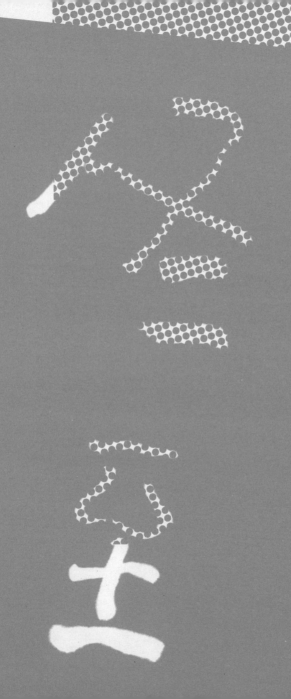

冬至

冬至

年年至日长为客，忽忽穷愁泥杀人。

江上形容吾独老，天边风俗自相亲。

杖藜雪后临丹壑，鸣玉朝来散紫宸。

心折此时无一寸，路迷何处见三秦。

——唐·杜甫

贰拾贰

光阴
的故事

那棵树，已经掉光了树叶。

那是一棵与众不同的树。一棵桃树。

在冬至这一天，一棵桃树用它掉光了叶子的枝丫，撑开了白天与黑夜的界线。从明天开始，黑夜将慢慢变短，白天会越来越长。

一棵桃树在自己的内心，用生长的年轮刻下光阴的故事。

我在早上十点多钟骑自行车抵达西湖边。这一日，阳光明媚，树影在地上拖得很长。车轮穿过流金碎影的感觉十分美妙。北山路边旧房子前的空地上有一只猫，正不知疲倦地追逐着自己的尾巴，像追逐一个可望而不可即的梦想。

这天早上我在白堤上遇到一个外国男子，他叫威廉姆斯，中文名杨飞，在杭州生活了四年。他在白堤上骑着一辆公共自行车，晃晃悠悠地前行。在一个地方，他让我帮他和自行车一起拍张照片。他的中文说得相当流利。后来我们聊了一会儿，杨飞说他起先是个狂热的旅行爱好者，一有点儿钱就四处旅行，钱花完了，再找个工作挣一点儿钱。后来到了杭州，就不愿意走得太远了，偶尔出去一趟，最后还是回到杭州。杨飞说，他最享受的事，就是在整个西湖景区骑自行车。

我觉得很多外国人比我们想得通，或者说，他们常常看起来有点儿"不求上

进"——比如杨飞这样的，浪迹天涯，不是虚度了大好的年华吗？当他老去，回首往事时，会不会"因为虚度年华而悔恨"，会不会"因为碌碌无为而羞耻"？

曾有一次，我到北京采访了一个人，名叫格法·普拉扎。他是英国籍的在读博士，本来在伦敦搞三维动画，又在艺术学校当老师，他的同班同学好多都在好莱坞里挣大钱的。

这么一个人，十几年前无意中看了一场京剧演出，于是整个人就被京剧迷住了，书不教了，博士也不读了，抛家舍业，千里迢迢，跑到北京来学京剧。什么压腿、踢腿、下腰、拿顶，什么做唱念打，受的那个罪，说出来别人都不信。

我问格法："你那个条件干什么不行，非得来中国唱戏干吗？"

格法能说一口流利的京味普通话了。他说："京剧美啊。你们的国粹嘛。所以我就来了。"

这个理由能让人信服吗？谁不知道戏剧没落啊，在咱们国内，但凡有能力挣钱、有能力干事业的人，都各自奔着大好的前程去了。有谁傻到像格法这样，放着好日子不过，来过这种艰辛又好像没什么"前途"的日子。

"格法，你原来的日子那么好，现在日子这么苦，你愿意这么过吗？"

"我当然愿意啊。"格法很奇怪，好像我的问题非但多余，而且不可理喻。

"那你为什么……"

"没有为什么。愿意就是为什么……"

其实人生就是一场旅行。就像一个广告里说的那样："不必在乎目的地，在乎的是沿途的风景以及看风景的心情。"

我们很多时候，往往只在乎了结果，却忽视了沿途的风景。

谈一场恋爱，就要以结婚为目的 —— 否则就是不道德的。这样的逻辑，在我们的生活里还少吗？谋一份工作，就是要以当官为目的 —— 当不上去，就是你无能。这或许就是中国人活得太累的原因。

何妨活得洒脱一点呢？

就像一次旅行，别再跟着大部队上车睡觉下车看庙了，走一条你自己想走的路，看看你想看的风景，遇见你想遇见的人，问问自己快不快乐，那样多好。

这个冬至，在这个黑夜最长、白天最短的日子里，其实真适合想一想自己的人生。

过了这一天，你的人生就会打开新的一页 —— 白天一天天变长，黑夜慢慢变短。

这是冬至。

在西湖闲走时，接到一个电话，问冬至怎么过呢，有没有吃汤圆？

我一愣：冬至也要吃汤圆吗？

在我的老家，也有"冬至大如年"的说法，人们也注重冬至这一个节日；也有"清爽冬至邋遢年"的说法，是说冬至这一天如果天晴，则除夕这一天基本会下雨。我从前也没怎么注意过，不知道是不是应验。

晚上回家，搜集一些冬至的资料来看。说在冬至这一天，皇帝会到郊外去祭祖，百姓也要去给祖宗上坟。上坟倒是真的，城市里的公墓地块，到了这一天往往道路拥堵，公交爆满，平时冷冷清清的地方，在这一天热闹非凡。

传统中国的岁时习俗里，一年要祭祖四次，除夕、清明、中元、冬至。比起其他三个节日，冬至的祭祖更有悲凉之意。《礼记·坊记》说："修宗庙、敬祀事，教民追孝也。"祭祀有内祭与外祭之分。内祭即在家祭祀，以各种饭菜佳肴供奉祖先，请其饱餐；外祭则于路口处焚化寒衣与纸钱，为先人提供钱财。

姜夔《扬州慢·淮左名都》的序言中写："淳熙丙申至日，予过维扬。夜雪初霁，荠麦弥望。入其城，则四顾萧条，寒水自碧，暮色渐起，戍角悲吟。予怀怆然，感慨今昔。"至日，即是冬至。这首词里也有一种悲凉意，"二十四桥仍在，波心荡、冷月无声。念桥边红药，年年知为谁生？"

冬至日起，开始数九，"一九二九不出手，三九四九冰上走"——至少有四九三十六天严寒正迎面走来。这样冷的天，古人们宅在家里，便想出种种玩法——比如"九九消寒图"。

"九九消寒图"是一个游戏。《帝京景物略》里记载："冬至日人家画素梅一枝，为瓣八十有一，日染一瓣，瓣尽而九九出，则春深矣，曰九九消寒图。"冬至日为第一天，每九天算一个"九"，一直数到"九九"八十一天，九尽桃花开，天气暖了。为何数九，而非其他数字？因在中国传统文化中，九为极数，乃最大、最多、最长久的概念。九个九，即八十一，更是"最大不过"之数。

还有另一种玩法——准备一幅双钩描红书法，上有"庭前垂①柳珍重待春風"九字，每字九画，共八十一画，从冬

---

① "垂"字中部左右各为"十"字，是为九画。此描画之法，广为流传，本书遵其旧制。

至开始，每天按笔画顺序填充一个笔画，每过一九填充好一个字。九九之后，春回大地，一幅九九消寒图大功告成。

"写九"与"画九"，都是一种消遣的游戏，也是一种对春的盼望，每一天都像是在等待一个节日，或是在等待一个人。这样的生活，该是何等的平和与闲静。冬日的阳光照过来暖暖的，在窗前投下花的影子，日头一点一点移动，光影也一点一点移动，手上的活计哪里是一个工作呢，明明只是一份小小的希冀，一份想念，一份托付。九九消寒图的完成，是人与时间共同完成的杰作。

"一九二九不出手，三九四九冰上走，五九六九沿河看柳，七九河开八九雁来，九九加一九，耕牛遍地走。"民间的《数九歌》，孩子们至今也能传唱。数九消寒，寒尽冬消，是阴去阳生的起点，即代表着新生。孩子们是习俗与传统的继承者，这样的传唱让风俗代代相传，光阴里携带着点点滴滴的温暖情意。

冯梦祯把自己的堂名叫做"快雪堂"。有人说是他收藏了王羲之的《快雪时晴帖》。其实不然。他孤山的房子上梁的时候，正值积雪初晴，遂取了《快雪时晴》的意思，把堂名叫了"快雪堂"。

新年两日，天气晴和，天地间蓄积的一点寒凉终究没有酝酿出一场雪来。余在家喝茶读书。读冯梦祯《快雪堂日记》，有个小发现，从前下雪真频繁，一下就是十天半个月。哪像现在，下几粒雪霰，大家就一惊一乍、大呼小叫。明朝那时候处于小冰河期，数十年间的冬天，都是天寒地冻、奇冷无比，连广东也狂降暴雪，而现在则是全球变暖的节奏，下雪自然变得稀奇。

譬如在万历二十五年的日记里，冯梦祯记录：十一月二十三，雪霁，甚寒，滴水成冻。次日，雪，晴，寒甚。二十七日，雪尚未消。十二月初四，又是大雪，到夜间方止。十三日，又是雪，又是风。十四日，大雪至午后止，四望俱瑶峰玉树。十六日，雪，晴，寒。十七日，雪，晴。二十一日，阴沉欲雪，下午微飘雪花。

在这样寒冷的天气里，冯梦祯会怎么玩？这个从南国子监祭酒职位上退隐西湖的文人，先是以九十金的价格，在孤山买地建房，作为自己生活的一处落脚地。植几株梅花、几棵竹子、几棵桑树。再种一塘荷花，赏三面湖山。

此外，冯梦祯还置办了一艘船，花了三十金。这艘船成了冯梦祯一个浮在湖上的家。他买了四名歌姬，加上原有的歌姬一起，组成了一个家班。这个家班水平不一般，技艺超群，让冯梦祯时常流露得意之色。接下来，冯梦祯的日子就是这样的，他在船上贮书，载着歌姬，春花秋月，悠游西湖。小船划出去，就漂在湖上了，有时一个月不返回。六桥三竺，云水之间，船儿到哪，歌声到哪，人望之直觉飘飘然若神仙也，真是逍遥极了。若是冬天下了雪，像张岱这样的人，是偶然发兴去湖心亭看雪，而冯梦祯这样的人，则是索性把自己安顿在了西湖的雪景之中。

万历二十三年，正月雨雪不断，连日春寒。"二月初一，大雪。同程惟馨、陆时仲、严荩夫、骥儿湖上赏雪。钱塘门登舟，沿新堤、断桥、孤山至三桥，龙王堂小憩，回舟二桥，进里湖，岳坟登岸，礼忠武像而出。遇方次卿、朱伯润自天竺回，遂同舟进西泠，出断桥而返。雪山浓郁，竹树奇丽，真图画所不能尽。此游可谓绝胜矣！"

次日，积雪稍融，间或飞雪，冯梦祯作《雪中杨柳》及《湖中观雪》二诗。初五，略有晴色，天气转暖，他同沈观颐中丞到净慈寺去访莲池老人。之后，各买小舟，自湖中归去。"望诸峰积雪，映带雾色，颇为悦畅。"

有时候，他是与诸姬在自卧楼赏雪。有时候，他坐着自家的船，沿着水路出发去苏州、去湖州、去余杭塘栖等地访友交游。万历三十年，正月初八，一早积雪皎然，比前两天的积雪还要厚一些。此时雨霰相杂，到了晚间，舟泊拙园。

过了三天，还是大雪，从头天晚上一直到第二天傍晚，雪下得乍密乍稀。冯梦祯由函山取道，出五杭，泊舟在距塘栖十八里的地方。

不出去的时候，他就在家里读书写字，喝酒听戏。万历三十一年，正月初五，下了一夜大雪，清晨瓦上积雪皎然，午后又大雪。初七，仍雪。一直到十三日，晴，夜间月色甚佳。船过岳祠，逢三位朋友，上得船来，一起喝茶，至断桥而别。十四日，天气晴和，月甚佳，微杂烟气，携歌姬于湖上，舟中先后接待了好多客人。他自己呢，就宿在舟中。而此时此刻，船外湖上，雪犹不止。

冯梦祯和高濂经常在一起喝茶看画，玩玩奇石文物。高濂是一个很会玩的人，也是最懂得西湖之美的人。他为西湖写了《四时幽赏录》，高濂的冬天有十二种玩法，第一种居然是在结冰的西湖上破冰浪游。驾一条小船，他看着家僮敲冰引舟，冰屑飞溅，大为开心，不禁扣舷长歌，把酒豪饮。

第二种，雪霁策蹇寻梅。踏雪溪山，寻梅林壑，忽得梅花数株，便欲傍梅席地，浮觞剧饮。你想啊，那样的冰天雪地之中，他居然就在树下席地而坐。不觉沉醉酣然，梅香满衣。这种事情，想想是美的，到底能坐多久，还真不好说。我看到有爱好茶道的人，在冬天下雪的时候，带着整套茶席用具，到西湖边的雪地里摆开阵势，前呼后拥，好一大帮人。不一会儿，茶席摆好，花也插上，水也煎好了，茶人席地而坐，神情悠然地泡茶……俄尔，只听得有人大喊一声"咔！"大家一拥而上，收拾了直播镜头和道具，搓手跺脚，迅速离去。我倒是真没有看见，谁喝了那已然冰冷的茶汤。

高子的第三种玩法，三茅山顶望江天雪霁。第四种玩法，西溪道中玩雪。再一种玩法，扫雪烹茶玩画。这都可以的。扫雪烹茶，是因为那时候没有工业污染，雪自半天来，煮出茶来的味道还是很清冽的。下雪天，宜看什么画呢？高子说最好是《风雪归人》《江天雪棹》《溪山雪行》《关山雪运》等雪意图轴，即假对真，以观古人模拟笔趣。

又一种玩法是，山窗听雪敲竹。飞雪有声，惟在竹间最雅。突然一阵风雪交加，将竹子折断，爆裂之声，不禁令人闻声而添寒意几许。想想看，高子心目中的冬日雅意，大多是跟下雪有关的。要没有雪，这日子可怎么过。

最好的一种玩法，是古人今人、高人俗人都很乐意为之的，便是雪夜煨芋谈禅。那样的大雪天，煨芋、煨番薯，都是很好的事情，既暖手，又暖胃，老少皆宜。吃饱之后，还能想一想玄妙的问题，探讨一下人生，譬如"有还是无"之类的高深命题。这是读书人不可多得的乐趣了。煨芋、煨番薯则是我们乡下冬天的常事。乡下呢，大雪之中，稻田一片雪白。我们去那积雪下面，挖出一颗白菜来。这样的白菜，吃起来十分软糯，若是有一个红泥小火炉摆在桌上，萝卜、豆腐、白菜及几片肥肉，咕嘟咕嘟煮一锅出来，桌下又有一个炭钵，热乎乎地烘着，这简直是漫长的冬闲时光里一件雪天的妙事。

今天的人，学不了冯梦祯、高濂、张岱的种种玩法了，倒是发展出自己的雅趣来。譬如前几天杭州下了一场微雪（手机里下得真是声势浩大），有人立即开了一个直播，镜头从宝石山上直对断桥与白堤（固定在那里半天不动），说是直播西湖的雪景。这样的直播，居然每一时刻都有几百上千人同时在线观看。

便想到，冯梦祯、张岱这样的人若是活到今天，去湖上看雪的时候也会开直播吧？光想一想就十分激动人心——他们要是真玩起来，那得有多大的流量啊。

冬至
大如年

　　都说是"冬至大如年"，怎么个大法，在城里上班的人都不知晓。很多传统的节日，都依农历计算，城里通行的是公历，并不记得农历是今夕何夕。此外，传统的节日很多都没有假可放，忙忙碌碌之间，稍不注意也就过去了。冬至便是如此。《东京梦华录》中说："十一月冬至。京师最重此节。虽至贫者，一年之间，积累假借，至此日更易新衣，备办饮食，享祀先祖，官放关扑，庆贺往来，一如年节。"

　　这是宋时的冬至，现在推崇"宋韵"，假如人们可以穿越，我也很愿意穿越到宋朝去过一个节。在那时，冬至也是祭天祭祖的日子，皇帝在这一天要到郊外举行祭天大典，百姓在这一天要祭拜去世的祖先。这一习俗，延续到今天，便是常山人在冬至这天，都要上坟祭祖，村庄外围，鞭炮声零星地远远地传来，那便是祭祖时所放的鞭炮。

　　还有的地方，早先是有"冬至吃狗肉"的习俗。传说，当然是传说——汉高祖刘邦，在冬至这一天吃了樊哙煮的狗肉，觉得味道特别鲜美，赞不绝口，从此在民间形成了冬至吃狗肉的习俗。现在，人们不时兴吃狗肉，即便是吃狗肉，也是躲起来偷偷地吃，吃了也不言说，爱狗之人很多，见不得狗被人吃掉这么一个悲剧的事实。

二十年前，常山的芳村狗肉，还是非常有名的，冬至这一天生意更为闹猛，现在也是偃旗息鼓。萧山的南边，有个地方叫楼塔，此地的狗肉极为有名。有一句话，"楼塔的狗肉，绍兴的黄酒，神仙路过抖一抖"，指的就是其味之佳。数年前过楼塔，见有一条街，街上晾挂一排排的狗肉，极壮观。

不过，说到冬至进补，吃羊肉也是一样的。全国各地的羊肉，好的很多，可以专门成文一说，即便在浙江本省之内，嘉兴和湖州的羊也都不错，我在桐乡吃过咬强羊肉面，念念不忘。"咬强"，在桐乡话里就是"阿强"的意思，他们家的羊肉面，在当地是当之无愧的"老大哥"，现在开了不少分店，连杭州也有了。但是在我的家乡常山，似乎并没有一家店，是专门吃羊肉，或是吃羊肉面的；许多人受不了羊肉的膻味。

那么，常山人在冬至吃什么呢？答案很简单，也就是杀鸡宰鸭。在常山人传统的节日里，鸡鸭鱼都是必不可少的肉类，当然，这些也不是什么稀罕之物，烟火人家的日常饭桌上，也常见这些个花样。亦如北方人喜吃的饺子一样，以前是过年才吃饺子，现在是顿顿都可以吃饺子了。

小寒

贰拾叁

咏廿四气诗·小寒十二月节

小寒连大吕,欢鹊垒新巢。
拾食寻河曲,衔紫绕树梢。
霜鹰近北首,雉雊隐丛茅。
莫怪严凝切,春冬正月交。

——唐·元稹

橘 之美

小雪那天，收到黄岩友人寄来的一箱橘子。一边读闲书一边剥橘子，不觉竟吃了五六枚。此橘皮薄多汁，香味馥郁，甚是甘美。我家乡有柚，名曰胡柚，素为我所欢喜。常山胡柚清苦，性凉，而黄岩蜜橘甘甜，性温，可谓天生一对。

小寒时候，巧得很，就去了黄岩。在黄岩乡下四处乱走，最喜是去蜜橘产出的地头。因是冬天，橘园寂寂，枝头已无果实可看，而看橘园，看橘树，也是好的。黄岩蜜橘栽种在土墩之上；同时，也采用独特的种植法——在主根下放置瓦片，使橘树主根不往下生长，偏是让根向四面蔓延，这样根系能充分地抓住土壤，也能更好地吸收营养与水分。这是我在橘园学到的知识。活到老，学到老。日有所学，日有所得。人在橘园，只要蹲下身来，能学到很多知识。

黄岩水土好。此地为头陀镇断江村，是在永宁江的中游，土壤不仅肥沃，而且沙性——沙性即意味着不板结，透气，是柑橘生长的理想之地。所以，断江村是中国宽皮柑橘始源地之一，自唐朝起，黄岩的橘子——那时叫乳柑——已是皇家贡品。从南宋嘉定年间到元代，岁贡橘果数量达一万三千枚。

　　我在这个冬日从橘林间穿过，橘园寂寂；一条永宁江也从两岸橘林间穿过，江水寂寂。橘子的种类名目极多，我有时十分佩服植物学家或农学家，不知道这些柑、橙、柚、橘甚至柠檬到底是如何区分的，而当它们在春天一起开花时，又会在风里向彼此传递什么样的秘密。隔行如隔山。我们今天的人，书读得越来越多，受教育程度越来越高，分工越来越细。一个搞建筑设计的人，工作二十年，只是负责画门和窗，而他的另一位同事，则只负责画水电路线。一个牙医只会看牙，眼睛的事情只能去找眼科医生。世上的学问太多了，一个人皓首穷经，沾沾自喜，觉得终于弄懂了这世界的一大部分。实际上，他所了解的不过是这个世界的万分之一的万分之一的万分之一，甚至还不到。这令人感到忧伤。我在吃一枚黄岩蜜橘的时候，想到这些，觉得又甜又忧伤，这是一枚橘子教我的事情，为此我对一枚橘子充满感激。

　　世界上关于橘子的第一本专著，是《橘录》，宋代的韩彦直写的。韩彦直是南宋抗金名将韩世忠的长子。淳熙五年，韩彦直在温州做知府，吃到这里的蜜橘，也觉得很甜。有人希望他为橘作谱："橘之美不减荔子，荔子今有谱，得与牡丹、芍药花谱并行，而独未有谱橘者。子爱橘甚，橘若有待于子，不可以辞。"他爱吃橘，橘也等到了他，这是相互的成全。于是韩知府就在从政之余，做了大量关于橘子的田野调查，终于写成此书。古时候的人，学识没有今天这么细分，写字做诗，当官种田，大抵都会一点，哪个方面都拿得起来，常常是做官之余，顺手就把学术也做了。这一本《橘录》，总共有五千多字，记录下各类柑橘的品种和栽培技术，放在今天来看，也是一本学术随笔了。

　　再譬如说，我们今天可以见到的《耕织图》，最早的作者，是宋高宗时期的於潜县令楼璹。楼县令看到农夫、蚕妇之辛苦，作了耕织图，写了相关的诗，成为中国农桑生产最早的成套的图像资料。干一行，爱一行，钻研一行，喝茶的写了《茶经》，酿酒的写了《酒谱》，种菊的写了《菊谱》，养猫的写了《猫苑》，这都是叫人忍不住要赞叹的事。

　　去年的一天，我在山里同一位种猕猴桃的人聊天，整整聊了一天。前年的一天，我在山里同一位守山的老人聊天，也整整聊了一天。种猕猴桃的人告诉我一年到头猕猴桃的事。守山的老人则告诉我很多奇奇怪怪的事。他们懂得真多呀——他们懂得这个世界上，那不为人知的很大的一块。与他们聊天，如吃一枚黄岩蜜橘，汁液饱满，欢喜甘香。

有雨的冬日下午，听一个女人念一首词。"何处合成愁？离人心上秋。纵芭蕉、不雨也飕飕。都道晚凉天气好，有明月、怕登楼……"

女人是做烤糖的女人。词是宋词。女人做的烤糖，大概是从宋朝就有的小吃吧，女人给它起了一个别致的名字，仿佛是一个词牌名，"糖多令"。

这种小吃是甜的。

十一月之后，这个叫做双楠的小村庄里就弥漫着甜甜的糖香。土地里的甘蔗成熟，人们将之砍伐，运送到糖坊里来。糖坊里有十几口大锅，甘蔗榨出的汁水在锅中煮沸，一点一点浓缩，于是，热气蒸腾之中，植物中隐藏的糖分一点一点凝聚起来。

这个场景就像一个魔术，令人着迷。

熬糖的过程如同一首宋词，字字句句，从日常的凡俗里提纯与凝聚出来。都道晚凉天气好，风也潇潇，蔗林也潇潇。

潇潇是那红糖的召集令，一声号角，聚集天下糖士。

沏出一壶茶，盛一盘烤糖，我们坐在一起。烤糖酥酥的，一口下去，米花的脆香合着红糖的甘甜一起在舌尖化开。童年往事便也就此漫上心头。装在童年酒瓮里的神秘年货，一定也有这样的烤糖，在黑

糖多令

漆漆的夜晚持续散发温暖的馨香。年关近了。孩子们在香味中入睡，做着甜美的梦。整个冬天，在大人离场的某些时候，孩子们蹑手蹑脚地爬高钻低，找到那笨重的酒瓮，打开坛口的封盖，往坛中探进手臂——简直太美妙了，那是一条秘密通道，通往瓮中藏着的宝藏。

女人蕙蕙对童年的事物念念不忘。她与先生一起在北京、广州等多个城市创业，他乡街头，年味渐浓时，她就愈加想念故乡的草木风物。

……年事梦中休，花空烟水流。燕辞归、客尚淹留。垂柳不萦裙带住，漫长是、系行舟。

许多年后，她从南方回来，回到家乡的甘蔗林，开始吟唱自己的"糖多令"。

她与年长的工人一起，将甘蔗中的糖分熬制出来，制成各种各样的红糖和烤糖。这是一个耐心的糖分收集者。现在，她又把这些美好的事物分发出去，通过网络和手机，把一份份甜甜的心意传递到远方，给客居在外的家乡游子寄去慰藉与乡情。

回到故乡的女人蕙蕙，眉眼里都有了甜甜笑意。她在糖坊前，盆栽了几株甘蔗，每个客人来了，都觉得惊喜，原来甘蔗还能这么种。

甘蔗内部携带的甜意，与那一片生长的土地密切相关。土壤结构不一样，甘蔗的甜味也不一样。有的清甜，有的会带上咸味。

有时候，仅隔着一条田塍，这丘田里的甘蔗与那丘田里的甘蔗就不一样了。

台风起的时候，甘蔗林会被大风吹倒一大片。这时候，女人又要把甘蔗一根一根扶起来。

若这一年的阳光特别热烈，则甘蔗里的汁水也会特别甘甜。

如同生活，付出辛劳之后，熬出的日子也会更让人品味到甜意。

女人把客人要的烤糖装好，又请客人坐下来喝茶。喝的是姜茶。大冬天的，喝两杯热乎乎的姜茶，人浑身都暖和起来。

女人蕙蕙在这个下午给我们念了一首宋词。她有四十亩甘蔗林，她把自己像甘蔗一样种在了故乡黄岩的土地上。

煨小录

橡子在百雀羚盒子里啪的一声闷响。

赶紧把盒子从火熜里弄出来。不待它凉，急急躁躁开之，一阵雾气逸出，橡子已然开裂。

趁热，剥开，吃，烫，吹。吹是吹指头，其实烫的是舌头。

煨橡子。橡子有一股子百雀羚的面油味儿。

那时没有奶油瓜子、奶油花生，有点面油味儿也是好的。

在火熜里煨小食，有个百雀羚盒子令人羡慕。到底便利许多：不焦。直接把橡子或毛栗置于炭火之上，一不小心还没熟，再不小心已然焦。纠结。

百雀羚的面油，前年我还买过；回力的球鞋，早几年也买过；永久牌自行车，现在做得时尚，同事买过。都是一个时代的印记——不宜多说。再说，暴露年龄。

譬如，早些日子，电影院里放一部电影叫《夏洛特烦恼》。电影院里出来，冷冷风中，脑海中满是一支旋律，曰：

雪花飘飘，北风萧萧……

这也是暴露年龄的，不宜多说。

百雀羚的小圆盒子是一个寓言。或者

这样说：生活就像百雀羚的小圆盒子，你永远不知道打开后里面会是什么。

譬如黄豆。

漏网之黄豆藏在已被敲打过的豆萁堆里。我们总能发现个别的黄豆，滴溜溜在地上滚着。赶紧捉起，关进铁盒子，放进火熜里烤。

心中想着刚学的诗：煮豆燃豆萁，豆在釜中泣。有口无心，念它二十来遍，估计盒中之豆该熟了，赶紧打开，左手颠右手，右手颠左手，颠进口中。

熟的不熟的，都吃了。

在乡下，怀里一个火熜，就有一个暖冬。火熜，冬日良伴，你值得拥有。尤其是在雪花飘飘北风萧萧的时节。也不知为何，那时冬天会那么寒，檐下冰凌二尺长，没有二尺，也有一尺。

家中取暖火具，有火熜与火钵。火钵置于家中，一家老小取暖之用，可煨番薯，煨苞芦棒子，煨年糕；火熜则村中老人都有一只，走来走去，日不离手，藏于腹前围裙之下，双手笼之。小孩顽皮，偶用火熜来煨橡子，煨黄豆，煨板栗，煨一切可煨之物。

近过年，鞭炮声从稀疏到逐渐多起来。孩子们手上拎一只火熜，兜里揣一把鞭炮，取炮入熜，点燃导线扔出，极为便利。

现在村中，放鞭炮的小孩都没有了。

火熜无踪，炭火亦熄。

乙未年十一月，与友人上莫干山，在六十二号别墅围炉煨番薯。

炉是壁炉，柴是松柴，熊熊焰火，把个清冷的山中之夜烤得暖暖和和。

出得门去，星空之上，一轮明月那样明亮！月中有人砍树，月下可以读书。那情景美到惊心动魄。人冻得咯咯发抖，却不愿转身离去。

所谓人生之悟，都是一瞬间的事。不悟，或五年，或十年；悟，则一瞬，则一眼。遇到，就是遇到。不遇，则待下次。

回屋，则炉灰中煨的番薯熟矣。香极。

仿佛听到小时，百雀羚小盒子中，啪的一声轻响。

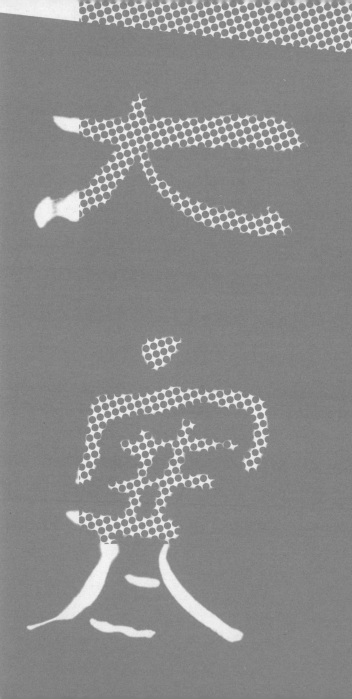

大寒

贰
拾
肆

村居苦寒

八年十二月，五日雪纷纷。
竹柏皆冻死，况彼无衣民。
回观村闾间，十室八九贫。
北风利如剑，布絮不蔽身。
唯烧蒿棘火，愁坐夜待晨。
乃知大寒岁，农者尤苦辛。
顾我当此日，草堂深掩门。
褐裘覆絁被，坐卧有余温。
幸免饥冻苦，又无垄亩勤。
念彼深可愧，自问是何人。

——唐·白居易

古人 如何取暖

800 年前的冬天，比现在要冷一些。

公元 1258 年 1 月 13 日，乃是南宋宝祐五年的农历十二月。这一天，西湖结冰了。

西湖不常结冰的——2008 年那场大雪，西湖也只是局部结了些冰。再往前数，1977 年、1930 年西湖也结过冰，据说有人能在冰上行走。然而比起 1258 年冬天那场寒潮，这些都是小巫见大巫。那一年，某个不知名的史官在《宋史全文》卷三十五中，写下四个字："西湖冰合"。

南宋处在被气象学家竺可桢命名的第三个"寒冷期"中。在竺可桢的界定里，过去 5000 年，只有 4 个这样的寒冷期。公元 1000 年至 1200 年的冬天，华北梅树不能生长，1111 年太湖结冰，洞庭山柑橘树全部冻死，苏州运河经常性结冰。

那时候没有空调，没有暖气，人在冬天过得很辛苦。

取暖办法有三个。

其一，在大空间里设置小空间。

巨寒时候，阔大的房间更显得空、冷，隔出小小空间才暖和。一是心理上，感觉更温暖；二是从科学上来说，没有穿堂风，热量也不至于散发过快。

王公贵族当然好一些 —— 皇宫里原先阔绰得很，房间够大，这时大也没有用，

必须隔出专门的暖房来，四面墙壁用花椒和泥土和成的涂料厚厚敷上一层，类似于保温层和"自发热层"；此外再设置层层屏风，风吹不进，也散不走，自然暖和多了。此外，再在床上铺毛毯，地上生地炉，想来不会太冷。

士大夫们，往往在卧室设置纸帐。纸帐，有点像夏天用的蚊帐。区别是，夏天的蚊帐只为了防蚊，孔洞大，可透风，不至闷热；纸帐就是用厚纸做的。床的四面，都用白纸蒙起来，上床和下床的一面的纸帘可以上下卷动。

条件宽裕的人家，依然是取小空间，做出"暖阁"。暖阁，也叫火阁。

南宋释元肇的《火阁》是这样写的：

> 装折围炉地，方方七尺强，
> 易容元亮膝，难著净名床。
> 省炭功虽小，烧香味较长，
> 晏染宜袖手，免去暴朝阳。

是，暖阁很好用，围隔出小空间，挡风，使得内部热量得以保持。

取暖法之二，生火取暖。

欧阳修在湖北夷陵当县长时，新修了地炉，冬天不再受寒冻之苦。于是作诗《新营小斋凿地炉辄成五言三十七韵》庆祝：

> 霜降百工休，居者皆入室。

　　　　堇户畏初寒，开炉代温律。

　　　　规模不盈丈，广狭足容膝。

　　　　……

　　地炉修建也很简单，在屋子里挖出小坑，四周用砖石垫垒，在当中生火取暖，上面可以烤地瓜、煮开水。

　　夷陵地火炉，一般也是这样——在墙边地上挖一个地坑，口周再垒半截土围子，梁上垂下铁杆钩，吊在钩上的鼎锅可以升降，坑口放瓦罐可煮水，又可取暖。

　　地炉在北宋比较常见。《水浒传》写，八十万禁军教头林冲落魄在山神庙，便用地炉对抗风雪，"屋后有一堆柴炭，拿几块来，生在地炉里"。

　　南宋的陆游，在《春和初迁坐堂中》写道："炭薪南山来，地炉晨暮红。"

　　取暖的炉，可以是凿地开的地炉，也可以是铁炉、铜炉。天寒地冻，烧火取暖，不算什么大发明，谁都明白。唯一需要注意的是，炭火炉不完全燃烧所产生的一氧化碳，如果通风不畅，是可置人于死地的。所以如何科学设置地炉，以及在小空间里生炭火取暖时，如何科学排出毒气，倒是特别应该讲究的。

　　1258 年"西湖冰合"时，后来成为著名词人的蒋捷才13 岁。他在宜兴生活，太湖也结冰了。他后来有一词写道：

　　红麟不暖瓶笙噎，炉灰一片晴雪。

　　醉无香嗅醒，但手把、新橙闲摛。

　　更深冻损梅花也，听画堂、箫鼓方歇。

想是天气别，豫借与、春风三月。

搜罗一下，发现很多诗人、词人都写到那时生炭炉、地炉取暖的事，没有因一氧化碳中毒而发生意外，可见当时人已经充分注意到了这一点。

取暖法之三，苦中作乐。

天寒地冻，哪儿都去不了，大家宅在家中，自然可以发明一些娱乐消闲的玩法。比如说，有人就发明了火盆上炖红烧肉。拿一个砂罐，里面放上肉，在火盆上慢慢地炖着，要有耐心 —— 史载，"炭墼子红烧肉"，最好吃的，是用炭火焖上一天一夜，想一想就知道，那炖肉的酥烂与口感，简直是无与伦比。

手炉，也是冬天取暖的一个神器。好处在于，其轻便易携，可以带着四处游走。我们南方人叫火熜 —— 在火熜里煨一点花生、大豆，那是小孩子最爱的零嘴。只不过，火熜上煨一罐红烧肉，太奢侈了，我没玩过。

"榾柮无烟雪夜长，地炉煨酒暖如汤"，榾柮就是树根疙瘩，当柴火烧，不会烧得太快，也不易熄火，这火慢慢地缓缓地燃着，散发着持续的热量，可以一直燃到天亮。

写这句子的是南宋范成大。他接着说，"莫嗔老妇无盘饤，笑指灰中芋栗香。"是的，煨板栗、煨番薯，都是一件美妙的事。

火上也可以坐一只瓦罐，瓦罐里烫一壶老酒，若有知心人在身旁，哪怕外面下着雪，屋内酒意融融，再冷也就不觉得冷了。

南方的冰雪

杭州人把下雪天当成节日。天气预报说某天要下雪，大家就激动万分，翘首以待。下了一点雪霰，一个个就在朋友圈里大呼小叫，下雪了下雪了。要是凑巧铺了薄薄一层，多薄，一厘米吧——那就不得了，拍雪景，堆雪人，打雪仗，雪中娱乐可以轰轰烈烈开展起来了。

历史上，杭州还是有冰雪的。1930年西湖也结过冰，据说有人能在冰上行走。1977年的那次结冰，很多老杭州人印象比较深，说是整个西湖都结了厚厚的冰，结冰期长达20余天。西湖上可热闹了，密密麻麻都是人，有手拉手散步的，有在西湖里骑自行车、三轮车的。一些胆大的人横穿大半个西湖，一直走到了三潭印月，还有穿着冰鞋的人，就在西湖上滑冰。

南方人对冰雪有着过分的诗意想象与莫名渴望。但冰雪在北方，就太常见了。有一回，我跟一位北京的朋友、一位东北的朋友一块吃饭，说到冬天的娱乐活动，北京的朋友说，一到冬天，大家都会去什刹海玩冰。什刹海是北京最老牌的冰场之一，电影《老炮儿》就是在那儿取的景，大家在湖上坐冰车、滑冰，还把冰车接成长龙在湖上玩。东北的朋友说，他们则是在一条江上玩冰车。所谓的冰车，其实就

是孩子们各自从家里拖出来的一张板凳，倒扣在冰面上，人坐在上面飞驰，感觉整条江都是你的。一上午，能溜"飞"出去几十公里远。

席间的南方人，都听得呆住。

冰雪运动对于北方的孩子来说，天然更有亲近感，但也不妨碍南方孩子们欣赏冰雪上的快乐。春节前，我有朋友一家赶在冬奥会开始之前去东北滑雪了，似乎这样就能参与到冰雪的盛宴中。其实浙江省内滑雪场也很多，我在某旅行App上搜了一下，有云上草原滑雪场、大明山万松岭滑雪场、江南天池滑雪场、桐庐生仙里国际滑雪场、商量岗滑雪场、观音堂滑雪场等等，若是规模大的滑雪场，每天都有一两千人的客流量。再加上冬奥会的"助推"，很多人都想体验一把在雪道上滑行驰骋的刺激。

当然，南方的滑雪场都需要造雪。像东北那样天地之间满目皆白的美景，怕是很难领略了。

我们倒还是生在温带的南方，倘若生在热带，终生难得一见冰雪，是不是要更加无缘冰雪项目了？我也留意到了，参加冬奥会比赛的还有来自热带地区的运动员！这也太让人惊异了。特意查了下资料，原来，有一个"高山滑雪"项目，让一些原本几乎不可能参与冰雪运动的国家和地区也能参与到冬奥会中来。因为高山滑雪项目对于技术难度的要求比较低，训练成本也较低，远远低于那些必须从小练冰的冰上项目，以及自由式滑雪、单板滑雪项目。国际奥委会也很人性化，为了防止高山滑雪水平高的国家垄断参赛名额，还规定了每个国家最多只能派22名运动员参赛。这样对于很多参赛经费靠自筹或者拉赞助的外国选手来说，就很友好，有些来自热带国家的朋友，也能通过短期的训练走上冬奥会的赛场了。

在冰雪之中，不管我们是身处大自然，还是身在赛场，那一份由运动赐予的快乐与激情是一样的。我想，可能这是最珍贵的——当雪花飞扬起来，每个人都可以回到孩童般的状态。

一转身，便发现旮旯里有株梅花，开得正好。我所在的城市，梅花甚多，晚冬初春，不经意在哪个转角便能撞上，一树惊喜。

水边或是墙角，一株两株梅花，并不招人注意，只有闲散的人才能看见。这样的遇见，倒比那种专程赏梅者，要切实快乐。

孤山、灵峰、西溪，自古多梅，谓杭州三大赏梅胜地。花事繁盛之时，人们从四面八方赶至，人潮涌动，蔚然壮观。林和靖当年在孤山隐居，取的是孤山四面寂绝，人迹少至，唯有舟楫可以往来。如此，方能梅妻鹤子，写下"疏影横斜水清浅，暗香浮动月黄昏"之句。而今，只要天气晴爽，孤山也好，灵峰也罢，莫不人声鼎沸，熙闹异常。三大胜地，一个都不值得去了。

赏梅，要的是一份清寂的心境，方得其美。张岱《西湖七月半》写看月之人，有"身在月下而实不看月者"，也有"月亦看，看月者亦看，不看月者亦看，而实无一看者"。今之赏梅之人，也大多如此——手机相机成了"观看"的方式，咔嚓之后，急传微信朋友圈，"亦看梅而欲人看其看梅者"也。

周末不出门，只在家中看"梅"。《上海博物馆藏品精华》里，录有南宋刊的孤

暗香汤

本《梅花喜神谱》，虽只有两幅小照，但真是令人喜欢。于是索性下载了此书电子版本，从头至尾，细细翻阅。

上卷，有蓓蕾四枝，小蕊十六枝，大蕊八枝，欲开八枝，大开一十四枝；下卷，则有烂漫二十八枝，欲谢十六枝，就实六枝。每图为一枝或两枝，一蕊或二蕊，每蕊各不同。每图，则根据花的形态不同，各取其名。飞虫刺花、孤鸿叫月、林鸡拍羽、新荷溅雨，等等。如此四字，落得俗了，两字之名我更喜欢，如"蓓蕾四枝"的麦眼、柳眼、椒眼、蟹眼，平实而有趣；如"大开一十四枝"的悬钟、擎露、向日，生动活泼；三个字的，也颇可玩味，如蛛挂网、抱叶蝉、鲍老眉、木瓜心。

"喜神"，即是"画谱"。《梅花喜神谱》这书，是中国留存在世的最早的版画画谱，由蓓蕾至结果，把梅花的各种形态，录了一百幅图，堪供雅玩——那750多年前的时代，真是好。我这时代，也是好——足不出户，《梅花喜神谱》这样的孤本，便可招之即来，除了古书的气味传不过来，怎么放大、缩小了看，都可以。寂然相对，书我两忘。这，比挤在人堆里举着手机摄像头"赏梅"，有意思多了。

梅花，清逸的花，居然也是可以入馔的。《红楼梦》里的妙玉，收梅花上的雪，埋藏一年拿出来煮茶，清逸是清逸，但不算入馔。宋人林洪著《山家清供》中有一款"梅粥"，制作过程是这样的——"扫落梅英，捡净洗之。用雪水同上白米煮粥，候熟，入英同煮"。梅花瓣落了一地，扫取清洗干净后，撒入雪水煮的白米粥，白的红的，想想就好看。南宋诗人杨万里，有《落梅有叹》一诗咏道："才看腊后得春饶，愁见风前作雪飘。脱蕊收将熬粥吃，落英仍好当香烧。"

　　清朝的嘉兴人顾仲，写了一本菜谱书，《养小录》（我百思不得其解，为什么叫"养小"），其中也有"暗香粥"。把梅花落瓣用棉布包起来，候着粥熟时下了花瓣，再一滚。这样的制法，并不复杂，难得的是粥名清雅诗意。

　　书中另外还有一款"暗香汤"，却是比"暗香粥"还要诗意——"腊月早梅，清晨摘半开花朵，连蒂入瓷瓶，每一两，用炒盐一两洒入，勿用手抄坏。箬叶厚纸密封，入夏取开，先置蜜少许于盏内，加花三四朵，滚水注入"——在滚水作用下，半开的梅朵，于雾气中缓缓绽放，有如生者，载沉载浮。这样的暗香汤，岂不可爱？

　　不禁想到，今人还有这样对待梅花的吗？也能扫雪煮梅，也能夏观梅绽吗？不是不能，只怕是做了，却有脱不去的矫情。

后记

　　《仪式》二册终于交稿，我不禁长舒一口气。这个书稿创造了我自己的一个纪录：拖稿时间最长的书。拖稿超过一个月，在我都是不曾有过的事，而这个书稿，我居然拖了三年。

　　记得之前，与华中科技大学出版社娄志敏兄在北京图书订货会上遇见，娄兄向我约稿，我欣然应允。后来娄兄又到杭州来，我们吃饭喝酒聊天，娄兄婉转催稿。那时他做丰子恺的《万般滋味，都是生活》一书，还没有下印，发过两个封面征求我的看法。我也介绍他去晓风书店看看。后来丰子恺的这本书出来，一直占据各大畅销书榜单首位，至今卖了百万册吧，足以成为娄兄编辑史上可以大书一笔的事。而我的书稿还没有交出来。其间，娄兄几乎不来催我书稿的进度。这让我心里没底，觉得是不是可以赖掉了。但后来有一次，娄兄回复，当然要做的，我还等着呢。我就愧疚得不行，于是下决心交稿。

　　这套书本来的设想，是做三册，一册讲节气，一册讲春节，一册讲其他节日；最初的想法，也是根据我故乡的生活，来呈现中国的传统文化。书未出的这三年多时间，这一类书却层出不穷，我也买了不少，翻来覆去不过是些传统文化知识的冷饭。这在我看来是远不够的。对于传统的继承，最好的方式是去亲身实践，像古人那样生活。也由此，我把写作的方向稍稍扭转一些，弱化了传统文化知识的呆板罗列，而是试图呈现中国人，尤其是江南人家的日常生活。当然，我更多是以故乡浙江衢州常山作为观察样本。因此在体例上也作了一些调整，同时把三册调整为二册，一册定为《仪式：节气风物之美》，一册定为《仪式：岁时礼俗之美》。

再一次感谢娄兄的耐心。他做书极为用心，且有强大韧劲，与他合作，让我受益良多。同时感谢我的父母，他们自我小时便传授给我的那些生活常识，使我至今能感受传统文化生活赐予的美意。我愿意用文字书写和记录其中的一些，并把故乡浙江常山的美好与更多人分享。

周华诚

2023 年 9 月 28 日

图书在版编目（CIP）数据

仪式：节气风物之美 / 周华诚著 . — 武汉：华中科技大学出版社，2024.4
ISBN 978-7-5772-0362-1

Ⅰ.①仪… Ⅱ.①周… Ⅲ.①散文集－中国－当代 Ⅳ.① I267

中国国家版本馆 CIP 数据核字（2024）第 034817 号

仪式：节气风物之美
Yishi: Jieqi Fengwu zhi Mei

周华诚　著

策划编辑：娄志敏
责任编辑：孙　念
责任校对：阮　敏
责任监印：朱　玢
内文书法：小　萨
内文插图：许可葭
书籍设计：一叶书房

出版发行：华中科技大学出版社（中国·武汉）　　电话：(027)81321913
　　　　　武汉市东湖新技术开发区华工科技园　　邮编：430223

印　刷：武汉精一佳印刷有限公司
开　本：880mm×1230mm 1/32
印　张：10.375　插页：12
字　数：233 千字
版　次：2024 年 4 月第 1 版第 1 次印刷
定　价：79.00 元